KB121265

로크미디어가
유혹하는
재미있는 세상

ROK
MEDIA
로크미디어

사상 최강의 양손 투수 1

2023년 4월 18일 초판 1쇄 인쇄
2023년 4월 21일 초판 1쇄 발행

지은이 RAS
발행인 강준규

기획 이기헌 왕소현 박경무 강민구 조익현
책임편집 천기덕
마케팅지원 이원선

발행처 (주)로크미디어
출판등록 2003년 3월 24일
주소 서울시 마포구 마포대로 45 일진빌딩 6층
Tel (02)3273-5135 **Fax** (02)3273-5134
홈페이지 rokmedia.com **E-mail** rokmedia@empas.com

© RAS, 2023

값 9,000원

ISBN 979-11-408-0941-7 (1권)
ISBN 979-11-408-0940-0 04810 (세트)

ROK
MEDIA
로크미디어

사상 최강의
양손투수

RAS 스포츠 장편소설 ①

CONTENTS

크게 사고 치진 않겠습니다

2001년 애리조나 다이아몬드백스.

2미터의 좌완 파이어볼러 선발 투수와.

1미터 70의 우완 언더핸드 마무리가 콤비를 이루던 곳.

그 당시를 겪었던 사람들은 이리 말한다. 8회까지는 타석에 천둥이 내리쳤고, 9회부턴 지진이 타석을 갈라 버렸다고.

그런데 2012년.

그 두 가지를 동시에 가진 괴물이 메이저리그에 상륙했다.

사이 영 상.

시즌을 지배했던, 위대한 투수에게 선사되는 영예.

그 상을 동양인 최초로, 그것도 무려 3회나 수상한 남자가 있다.

김신(金信).

한국에서 날아온, '믿음'이라는 이름을 가진 남자.

그러나 시대를 지배했던 그 투수에게 부족했던 것이 딱 두 가지 있었으니.

따악-!

[아아! 홈런, 홈런입니다! 양키스의 가을이 끝이 났습니다!]

[벌써 양키스가 우승하지 못한 지도 20년이 훌쩍 넘었습니다. 안타깝네요.]

우승 반지와…….

[역시 김신 선수의 부재가 크게 느껴지는 이번 시즌 양키스입니다.]

[양키스로서는 김신 선수가 야구를 조금만 일찍 했더라면, 하고 생각할 거예요.]

시간.

[그건 양키스뿐 아니라 야구팬이라면 모두 그렇게 생각할 겁니다. 적어도 20대 후반에만 시작했어도…….]

"제장……."

김신은 TV를 끄며 눈을 감았다.

3번의 사이 영을 수상하기까지의 프로 경력. 단 7년.

그것은 전성기가 짧았다거나, 사고를 쳤다거나, 부상을 당했기 때문이 아니었다.

그저 야구를 너무 늦게 시작했기 때문이다. 이미 전성기가 한참 지나서야.

어렸을 때부터 운동에 두각을 드러냈던 건 확실했다.

또래에 적수가 없을 만큼 뛰어났다.

하지만…… 김신은 한국에서 학교를 다녔다.

게다가 운동만큼이나 공부를 잘하는 학생이었다.

그의 보호자는 물론 친구들, 선생님들까지 모두 다 김신이 의사가 되기를 바랐다.

"내 재능을 더 일찍 알았더라면……."

그들의 바람대로 김신은 공 대신 샤프를 잡았다.

그로서도 불투명한 운동선수의 길보다 이미 탄탄대로가 깔려 있는 쪽을 선택하는 게 당연하다고 생각했으니까.

공부하다가, 환자를 보다가 가끔…… 아니, 거의 매일 취미 생활로 집 앞 공터에서 공을 던지던 것이 그가 이십 년 동안 행해 온 피칭의 전부였다.

그런데 삼십 대 중반에 떠난 미국 여행.

재미 삼아 참가했던 트라이아웃이 그의 인생을 바꾸었다.

―당신은 야구를 해야만 합니다.

―몇 살이라고요?

―오 마이 갓! 왜 야구를 하지 않았죠?

─의사? 닥터? 당신은 그런 게 아니라 닥터 K가 돼야 할 사람이었어!

그의 피칭을 보고 다가온 스카우터들이 내뱉는 말은 그의 가슴속에 잠들어 있던 무언가를 깨웠고.

─지금이라도 늦지 않았습니다. 아니, 늦었지만 지금이라도 해야 합니다. 당신, 평생 후회할 거요.

그는 홀린 듯이 계약서에 서명을 했다.
그 결과가 바로 동양인 최초의 사이 영 상 수상자.
그것도 3회에 빛나는 영광스러운 기록.
하지만 김신은 만족할 수 없었다.
허기를 참을 수가 없었다.
뒤늦게 불타오른 열망이 온몸을 태웠지만, 그것을 해소하지 못하는 나날이 이어졌다.
"야구를…… 했어야 했어."
조금만 더 일찍, 그가 아직 어렸을 무렵에, 육체가 싱그러운 젊음을 노래하던 그때에.
그때 시작했더라면.
두려워하지 않고 도전했더라면.
'무너진 제국'은 무너지지 않았을 테고, 그는 고작 한때 반짝한 투수가 아니라 명예의 전당에 길이 남을 위대하고 또 위대한 투수가 되었을 텐데.

"후우……."

김신은 벽면을 장식한 트로피와 야구공을 보며 한숨을 내쉬었다.

"끄응……."

김신은 신음을 흘리며 엎어져 있던 상체를 천천히 들어 올렸다.

'너무 마셨나.'

그의 은퇴 후 끝을 모르고 나락으로 떨어져 내리는 양키스의 모습에 양주를 벌컥벌컥 들이켠 것이 이 사태의 원흉이리라.

김신은 한 손으로 깨질 듯이 아파 오는 머리를 부여잡으며 슬며시 눈을 떴다.

"응?"

하지만 그의 눈에 비친 풍경은 수년을 생활해 왔던 뉴욕의 넓은 방이 아니었다.

누군가는 자포자기, 누군가는 결의, 누군가는 긴장한 얼굴을 한 채 책상에 앉아 있었다.

그런데 그들 대부분이 교복을 입고 있었다.

'교복……?'

그리고 김신이 이 상황을 채 인식하기도 전에.

"자리에 앉아!"

문이 열리자 수염을 덥수룩하게 기른 사복 차림의 성인 남성이 들어와 사위를 진정시켰다.

"이제 겨우 절반 왔다. 집중해서 잘 마무리하자."

"……."

"누가 그랬지, 끝날 때까지 끝난 게 아니라고. 남은 시험에 집중해라."

그러나 김신의 귀에는 양키스의 전설적인 포수, 요기 베라의 명언을 인용한 교사의 격려가 전혀 들어오지 않았다.

오직 그의 등 뒤, 칠판에 고이 적혀 있는 글귀만이 눈에 들어올 뿐.

'2010, 대학, 수학, 능력, 시험……?'

그것이 그의 머릿속에 들어와 의미를 갖는 순간.

드르륵-!

"학생! 뭐 하는 거야!"

김신은 자리를 박차고 뛰어 나갔다.

"학생!"

깜짝 놀라 그를 부르는 교사의 외침도, 의아한 듯 그의 뒤를 쫓는 학생들의 눈초리도 하나도 느껴지지 않았다.

'꿈인가?'

아니었다.

뺨을 스치는 바람, 귓가에 선명히 들려오는 말소리, 딱딱한 교정을 딛는 발바닥의 감촉.

모든 것이 이것이 꿈이 아님을 아우성치고 있었다.

자신이 미친 건지, 이게 어떻게 된 일인지 수많은 의문이 그의 머릿속에서 메아리쳤다.

하지만 김신은 결코 결코 교정을 빠져나가는 발걸음을 늦추지 않았다.

'꿈이면 어떻고, 아닌들 어떠하리.'

2009년이었다.

그가 아직 창창할 나이.

100구를 던져도 자고 일어나면 다시 100구를 던질 수 있을 것만 같은 싱싱한 젊음이 그의 육체에서 용솟음쳤다.

다시 한번 기회가 주어졌다.

늙어 쇠했던 이빨과 발톱이 새로 돋아났다.

'차라리 깨지 않는 꿈이길.'

김신은 그렇게 염원(念願)하며 황토색 흙바닥이 깔린 운동장을 가로질렀다.

"하하하하하하!"

폐부에서 치솟아오르는 웃음을 참지 않은 채.

뉴욕 양키스. 그레이트 양키스(Great Yankees), 또는 악의 제국(The Evil Empire)이라 불리며 월드시리즈를 밥 먹듯이 제패한 팀.

그 누구도 부인하지 못하는 메이저리그 최고의 명문 구단.

그러나 그것은 2009년까지의 이야기였을 뿐.

이후 30년이 가까운 세월 동안 양키스는 끝없는 나락으로 무너져만 갔다.

그 안에서 누구보다 격렬히 발버둥 쳤던 남자.

"후욱…… 후욱……."

김신은 딱딱한 보도블록을 밟으며 양키스의 자랑, 그레이트 홀을 떠올렸다.

그의 걸개가 걸렸던 그곳을.

"후우……."

처음부터 양키스였어야만 했던 것은 물론 아니다.

그저 그때 당시의 양키스가 가장 높은 오퍼를 제시했을 뿐.

하지만 양키스와 함께 울고 웃으며 지낸 강렬한 몇 년이, 그의 어깨를 두드리던 캡틴이, 그의 등만을 바라보던 팀원들이, 외로운 마운드에 선 그에게 쏟아지던 팬들의 함성이.

……그를 변화시켰다.

'그레이트 양키스를 위하여.'

이제는 양키스여야만 했다.

어쩌면 그가 2009년, 양키스가 마지막 우승을 차지하던 지금으로 돌아온 것은 양키스 팬들의 염원이 모인 것이 아니었을까?

"하아, 하아."

찬란한 빛이 깃드는 그레이트 홀.

다시 한번 그곳에 걸릴 그의 걸개를 그리며, 김신은 다리를 움직였다.

그리고 공부에 찌든 육체가 격렬한 운동의 피로감을 호소할 무렵.

"여기……였던 것 같은데."

김신은 강남대로에 위치한 한 빌딩 앞에 섰다.

강남대로는 2034년과 마찬가지로 제 번화함을 과시하고 있었지만, 김신의 눈은 오로지 제가 선 빌딩의 간판들만을 훑었다.

8층, 7층, 6층.

층을 따라 천천히 내려가던 김신의 시선은 한곳에서 멈춰섰다.

김성욱 정형외과

아내를 하늘나라로 가게 한 아이가 미울 만도 한데, 그 아이를 무한한 사랑으로 감싸 준 사람.

그 자식이 갑작스레 야구선수가 되겠다고 했을 때, 원하는 인생을 사는 게 행복한 거라며 흔쾌히 응원을 보내 줬던 남자.

은퇴 이후 방황하던 그의 어깨를 잡아, 다시 일으켜 세웠던 거인(巨人).

'아버지……'

김신은 고개를 들어 언제나 철탑같이 굳건하던 그 이름을 바라보았다.

그리고 결의를 다지며 제 뺨을 내려쳤다.

짝—!

선명한 고통이 이것이 현실임을 노래하고, 김신의 눈빛은 심유히 가라앉았다.

왜 이런 일이 벌어졌는지도 모르겠고, 언제까지 이 기적이 지속될지도 모르겠다.

모든 것이 혼란투성이다.

하지만 김신은, 채울 수 없는 갈증에 울부짖던 야수는…….

자신이 무엇을 해야 할지 잘 알았다.

"야구를 한다."

그는 한시라도 빨리 야구를 해야만 했다.

그리고 그러기 위해서는, 철탑 같은 한 남자를 넘어서야 했다.

이전 생과는 상황이 달랐다.

그의 재능을 증명해 줄 에이전트도 없었고, 그는 스스로의 길을 결정할 수 없다고 생각되는 나이였으며, 실제로 그 무엇도 이루어 낸 것이 없었다.

그나마 가진 것이라고는 '1'이라는 숫자로 빼곡한 성적표.

하지만 그가 지금부터 걷고자 하는 길은 그것과는 전혀 연관조차 없는 길이다.

하지만 그럼에도 해야만 했다.

일분일초도 참기가 어려웠으니까.

"후우……."

김신은 심호흡으로 가쁜 숨을 고르며 어두운 건물 내부로 발을 디뎠다.

시간은 상대적이다.

시험을 앞둔 수험생의 하루는 쏜살과 같고, 스스로를 극복하기 위한 훈련에 매진하는 군인의 하루는 억겁과 같다.

그리고 그것은 김신에게도 마찬가지였다.

결전장에 발을 들인 지 얼마 되지도 않아 김신은 익숙한 병원 내부에 자리하게 되었다.

"신이? 네가 여길 왜……."

점심이 막 지난 나른한 오후.

카운터에 앉아 있던 간호사는 느닷없이 나타난 원장 아들내미의 모습에 놀람을 감추지 못했다.

오늘이 무슨 날이던가.

대한민국이 모두 숨죽이는 날.

그 누구도 학생들을 방해하지 못하는 날.

바로 대학수학능력시험의 날이다.

그런데 한창 시험을 치고 있어야 할 인물이 병원에 등장했으니 놀랄 수밖에.

그러나 김신은 아무렇지 않다는 듯, 별일 아니라는 듯 그녀에게 여상히 고개를 숙였다.

"안녕하세요, 누나. 아버지는요?"

"안에 계시는데……."

"감사합니다."

의문으로 가득 차 있는 간호사의 시선을 등 뒤로 받으며, 김신은 원장실 문을 벌컥 열어젖혔다.

그 안에 아버지가 있었다.

그가 아는 모습보다 훨씬 젊은, 이십 년 전의 아버지가.

"아버지, 저 왔어요."

"……?"

김성욱은 다짜고짜 찾아온 아들의 모습에 당황을 금치 못하고 시계와 아들을 번갈아 바라보았다.

분명 한창 수능시험에 매진하고 있어야 할 시간.

어찌 아들이 여기 있단 말인가.

'설마?'

성욱의 뇌리로 말도 안 되는 가정이 스쳤다.

아들이 수능을 포기했다는 가정이.

하지만 왜?

아버지를 따라 의사가 되겠다며 단단한 결의를 보이던 게 바로 어제인데, 어째서?

혹시 무슨 일이 있었나?

아버지의 미간이 찌푸려지고, 입이 열리려던 순간.

아들의 목소리가 먼저 공간을 울렸다.

"저, 야구가 하고 싶어요. 꼭요."

한 글자 한 글자 힘주어 말하는 아들의 얼굴에는 여태까지 본 적 없던 갈망이 자리하고 있었다.

어제의 결의와는 비교조차 되지 않는, 처절하기까지 한 열의가.

시선이 닿는 것은 모조리 태워 버릴 것만 같은, 그런 불꽃이.

"……천천히 설명해 봐라."

시대를 지배할 초인이 태동(胎動)한 날이었다.

트라이아웃(Tryout).

일반인들에게 야구선수라는 꿈을 열어 줄 수 있는 제도적 장치.

그 누구라도 재능만 있다면, 실력만 있다면 메이저리그라는 굳건한 문을 열어젖힐 수 있는 시험의 장(場).

실제로 만 35세의 고등학교 교사, 짐 모리스는 그 미약한 가능성을 뚫고 메이저리거가 됐다.

그리고 지난 생의 김신 또한 그 실낱같은 바늘구멍을 뚫고 프로의 세계에 입문했고.

하지만 이번 생, 김신은 굳이 시간을 허비할 생각이 없었다.

"김신 선수! 여깁니다!"

그에게 프로의 문을 활짝 열어 줄 사람을 이미 알고 있었으니까.

"또 보네요, 헤빈. 반갑습니다."

"다시 만나서 반갑습니다, 김신 선수. 뉴욕에 온 것을 환영합니다."

처음으로 그의 가능성을 알아봤던 사람.

그의 가슴속에 잠자던 열정을 깨워 냈던 사람.

스카우터, 헤빈 디그라이언.

2011년 12월, 존. F. 케네디 국제공항.

아직 머리가 벗겨지지 않은 젊은 날의 그가 푸른 눈을 빛내며 김신에게 손을 내밀었다.

꽈악―!

그리고 지난 2년.

요가, 필라테스, 러닝, 웨이트트레이닝 등으로 빈틈없이 단련된 김신의 두꺼운 손이 그것을 맞잡았다.

일반인 트라이아웃과는 다른 개인을 위한 트라이아웃.

그것을 선사해 줄 수 있는 남자의 손을.

"혹시 키가 더 크셨나요? 지난번에 봤을 때보다 좀 크신 것 같은데요."

"예, 가을 동안 조금 더 커서 지금은 6피트 5입니다."

지난 생 192cm까지밖에 크지 못했던 키는, 적절한 훈련과 영양의 배합으로 이번 생에는 195cm를 훌쩍 넘기고 있었으며.

널찍한 어깨와 두꺼운 손, 그리고 매서운 눈매는 보는 사람을 알 수 없는 긴장에 빠져 들게 만들었다.

그야말로 날 선 장수와 같은 기세에 헤빈은 마음속으로 흡족한 미소를 떠올렸다.

'어디서 이런 보석이⋯⋯.'

현재는 경험을 위해 보라스 코퍼레이션에서 일을 하고 있지만, 헤빈은 자신만의 에이전시를 만들기를 꿈꾸는 남자였다.

그리고 그런 그에게 2개월 전 날아온 이메일에 첨부된 영상은 가뭄에 단비와 같았다.

머나먼 동방까지 한달음에 달려가 계약을 체결할 만큼.

'좌완 파이어볼러.'

지옥에서도 데려온다는 좌완 파이어볼러.

그러나 김신의 가치는 그것뿐만이 아니었다.

모든 투수가 꿈에 그리는 구속, 100마일을 넘나드는 번개 같은 패스트볼, 오버핸드 폼에서 쏟아지는 낙차 큰 커브, 같은 손 타자는 감히 건드릴 수조차 없을 것 같은 완성된 슬라이더……

모든 구종이 20-80 스케일에서 70점 영역에 분포한, 플러스-플러스급을 상회하는 믿을 수 없는 구력의 투수.

'실제로 보기 전까지는 나도 믿지 못했지.'

그에게 독립을 허락해 줄 보석과도 같은 선수.

이미 메이저리그의 슈퍼 에이스 자리를 예약해 놓은 긁지 않은 복권.

그게 바로 헤빈이 바라보는 김신이었다.

단 하나 아쉬운 점은 그런 보석이 하나의 팀만을 바란다는 것이었으나.

'그게 양키스니까, 뭐.'

악의 제국은 이런 괴물이라도 품에 안을 수 있는 팀이었다.

개인적으로 양키스의 팬이기도 한 헤빈은 머릿속에 그려지는 행복한 미래에, 입가 가득 미소를 머금었다.

하지만 모름지기 스카우터라면 한 조각의 불안 요소라도 제거해야 하는 법.

이제부터 대제국의 시험을 치를 텐데 리포트와 다른 부분이 있으면 안 됐다.

"솔직히 말씀해 주십시오. 혹시 키가 크시면서……."

"투구 밸런스는 문제없습니다."

하지만 김신은 그런 헤빈의 속을 꿰뚫어 본 듯 말을 가로 채며 자신감을 드러냈다.

"오히려 놀라실걸요."

그 야수 같은 미소에, 닳고 닳은 스카우터조차 할 말을 잊고 말았다.

두고 봐야겠지만, 만약 이런 투수가 사자의 심장까지 품고 있다면…….

'어쩌면 양키스가 다시 한번 왕조를 세울 수 있을지도…….'

기나긴 메이저리그 역사 속에 단단히 제 존재를 박아 넣은 '그레이트 양키스'를 떠올리던 헤빈은 간신히 고개를 저었다.

"아, 제가 잠시 정신을 놨군요. 차량이 준비돼 있습니다. 이쪽으로……."

풍성한 금발을 쓸어 넘기며 걸음을 재촉하는 헤빈.

그런 그를 보며 김신은 표정을 풀고 푸근한 미소를 지었다.

'다시 한번 잘 부탁한다, 헤빈.'

생각보다도 더 뛰어난 스스로의 육체 덕분에 예상보다 오랜 준비 기간이 걸렸다.

의사로서의 지식과 프로 선수로서의 지식을 모두 활용하니, 그의 육체는 신의 축복이라도 받은 것처럼 펄펄 날았다.

그리고 축복과도 같은 그 재능 덕에, 그는 훨씬 더 어마어마한 선수가 될 수 있었다.

'아마, 좀 놀랄 거야.'

별들의 세계인 메이저리그에서도 아직 그 누구도 시도하지 못하고 있는, 그야말로 전인미답(前人未踏)의 길을 걷고자 할 만큼.

"안 오십니까?"

"갑니다."

김신은 오른 주먹을 거세게 움켜쥐었다.

뉴욕의 하늘이 왕자의 귀환을 반기고 있었다.

왕의 뒤를 이어, 무너지지 않을 대제국을 만들 왕자의 귀환을.

　　　　　　　　　　　⚾

뻐엉-!

그것은 숫제 총성과 비견될 만한 굉음이었다.

"99마일입니다!"

"홀리……."

양키스라는 제국을 이끄는 불세출의 단장, 브라이언 캐시먼은 스피드건을 든 스카우터 팀장의 보고를 받고는 신음과 같은 감탄사를 흘렸다.

그리고 그것은 옆에 선 노인, 양키스의 감독 조 지라디 또한 다르지 않았다.

"당장 잡아야 합니다."

잘만 키우면 양키스의 10년을 맡길 수도 있는 원석.

그것이 두 사람의 공통된 평가였다.

'아니, 이걸 원석이라고 할 수 있나?'

지옥에서도 데려온다는 100마일의 좌완 파이어볼러.

하지만 그것으로 끝이 아니었다.

뻐엉-!

제구면 제구, 브레이킹 볼이면 브레이킹 볼.

그야말로 부족함이 없는 피칭이 캐시먼의 눈앞에서 펼쳐지고 있었다.

'경험만 좀 쌓이면 마이너 따위는 금방 박살 내고 올라오겠군.'

2011시즌이 종료된 직후.

현재의 양키스는 선발진에 크나큰 구멍이 뚫려 있는 상태였다.

제 역할을 해 주는 투수는 C. C. 사바시아 혼자뿐.

A. J. 버넷은 돈값을 전혀 하지 못하고 있었고, 필 휴즈는 그 내구성에 적신호가 켜져 있는 상황이었다.

더군다나 시장에 나온 투수들 중 프론트라이너급 활약을 기대할 만한 선수는 씨가 말랐으며.

팜에서 끌어 올릴 만한 선수도 없었다.

그나마 데이비드 로버트슨과 마리아노 리베라가 건재한 불펜진만은 탄탄하다는 게 유일한 위안.

그런 상황에서 눈앞에 등장한 괴물 신인의 모습에, 캐시먼은 입맛을 다셨다.

'잘하면 확장 로스터 때 올릴 수도 있겠는데?'

하지만.

"잡는 건 당연하겠지만 문제는 금액이군요."

"지금 제가 대화하는 분이 템파베이의 단장님이십니까?"

페이롤로 둘째가라면 서러워할 양키스의 단장이 맞느냐는 핀잔.

그러나 캐시먼은 고개를 저으며 반대편에서 괴물의 피칭을 지켜보고 있는 금발 남성을 가리켰다.

"에이전시가 보라스 코퍼레이션 아닙니까."

그 손가락을 따라간 조 지라디의 표정이 사정없이 구겨진다.

"빌어먹을 보라스, 이번엔 어디랑 붙인답니까?"

둘의 대화를 들은 듯이 반대편에 있던 풍성한 금발 미남이 천천히 걸음을 옮겼다.

사기에 가까운 계약을 얻어 내기로 유명한 보라스 코퍼레이션.

때마침 그 소속이자, 김신과 함께하는 미래에는 더욱 위대해질 남자가 다가왔다.

"어떻게, 잘 보셨습니까? 김신 선수의 피칭."

"잘 봤습니다. 조금의 검증은 필요하겠지만, 금방 메이저에 설 수 있을 만한 재목이군요."

그러나 캐시먼 또한 산전수전을 모두 겪어 온 최고의 단장.

한 치도 양보할 수 없다는 두 남자의 시선이 허공에서 맞부딪쳤다.

"메이저에 설 수 있을 만한 재목이라니요? 이거, 눈이 많이 어두워지셨나 봅니다. 제 눈엔 리그를 호령할 슈퍼 에이스가 보이는데요."

"물론 거기까지 성장할 수도 있겠지요."

상품의 흥정을 위해선 먼저 그 가치를 절하해야 하는 법.

캐시먼은 극구 김신의 가치를 깎으려 했으나……

"자꾸 이러실 겁니까, 캐시먼."

헤빈은 코웃음을 치며 곧바로 양키스의 역린을 건드렸다.

"제2의 외계인이 보고 싶으신 겁니까?"

외계인, 페드로 마르티네스.

메이저리그 역사상 뉴욕 양키스를 가장 적대시했던 남자이자, 역사에 길이 남을 위업을 달성한 보스턴 레드삭스의 대투수.

양키스가 왕조를 이뤘던 1998년부터 2000년까지 주야장천 그들과 맞섰던 대적자(對敵者).

당장에라도 테이블을 엎고 라이벌 팀으로 가겠다는 선언에, 캐시먼의 포커페이스가 흔들렸다.

'젠장, 끌려갈 수밖에 없나.'

블러핑도 필요 없을 만큼 강력한 패를 쥔 상대 앞에서, 아무리 날고 기는 단장이라도 어찌할 방도는 없었다.

"좋습니다. 얼마를 원하십니까?"

그리고 캐시먼의 패배가 확정된 순간.

"그건 이제부터 얘기해 봐야겠지요."

신(新) 악마의 에이전트는 희미한 미소를 지었다.

〈신인 야구선수 김신, 뉴욕 양키스와 전격 계약 체결!〉

—얘 누구야?

—아무런 기록도 없는데?

—기레기가 기레기한 거지.

—오피셜인데 무슨 개솔?

—오피셜이라고?

아직 베이징 올림픽 금메달의 영광과 흥분이 다 가시지 않은 2011년 겨울.

들도 보도 못한 선수와 뉴욕 양키스가 150만 달러에 달하는 계약을 체결했다는 소식이 한국을 강타했다.

프로 경력은 고사하고 야구 경력조차 없는, 그야말로 하늘에서 뚝 떨어진 것과 다름없는 인물.

그런 자가 코리안 특급이라 불리며 메이저리그를 호령했던 국민 영웅 박천후를 방출한 그 구단, 뉴욕 양키스와 계약을 체결한 것이다.

〈혜성처럼 나타난 선수, 김신. 그는 누구인가!〉

당연히 그의 정체는 큰 이슈가 되었고, 이슈에 죽고 사는 기자들은 백방으로 뛰어다니며 단서를 찾아냈다.

〈김신, 강남 모 고등학교 수석 졸업자로 밝혀져〉
〈전교 1등이 야구선수가 된 사연은?〉

김신에 대한 정보가 인터넷에 속속 유포되는 사이.
"오랜만이야, 희연아."
기자들이 애타게 찾아 헤매는 사람, 김신의 아버지 김성욱은 한 납골당에 서 있었다.
한 연인이 손을 맞잡은 채 미소 짓고 있는 사진을 바라보면서.
"우리 신이…… 어느새 다 컸더라고."
김성욱은 오래전 무심히 가 버린 아내의 얼굴을 똑바로 응시했다.
그리고 그녀를 대신해 세상에 나온 아들의 얼굴을 떠올

렸다.

"어린 줄만 알았더니……."

야구를 해야겠다며 굳은 얼굴로 말하던 아들의 불타오르는 눈빛이 다시금 생각났는지, 성욱은 잔잔한 미소를 지었다.

2년 전 수능 시험 날.

시험을 포기한 채 다짜고짜 그의 병원을 찾아온 아들이 꺼낸 말.

　　─야구를 하고 싶어요.

지금까지 공부해 온 건 뭐가 되느냐, 지금부터 시작해서 어느 세월에 프로선수가 될 셈이냐.

그 밖에도 많은 말들이, 반대의 이유들이 뇌리에 떠올랐지만, 그 순간 성욱은 아들의 의견에 이의를 제기할 수 없었다.

아들의 눈 안에 감히 측량할 수 없을 것 같은 열망이 담겨 있었으니까.

초식 동물들은 보기만 해도 굳어 버린다는 맹수의 기백이 흘러나오고 있었으니까.

"남자가 됐더라고."

성욱은 피식 웃으며 몸을 돌렸다.

"아마 오랫동안 못 올 거야. 미리 미안해."

잠시간의 작별을 고한 채, 납골당을 걸어 나가기 시작하는

성욱.

그런 그의 손에 들려 있던 핸드폰이 울리기 시작했다.

"⋯⋯."

걸음을 멈추지 않으며⋯⋯ 아니, 더욱 빠른 걸음으로 납골당을 빠져나가며.

성욱은 전화를 받았다.

"Hello, Steve. Long time no see."

그의 입에서는 한국어가 아닌, 유창한 영어가 흘러나왔다.

-오랜만이야, 성욱. 무슨 일이야? 네가 연락을 다 하고.

"병원에 자리 남아 있어? 전에 제안했던 그거."

-오우! 정말? 당연하지! 네가 온다는데 없는 자리라도 만들어야지.

"그럴 필요까진 없고. 진짜 있어?"

-있어. 걱정 말고 비행기 타.

"고마워. 며칠 뒤에 보자."

-기대하고 있을게. 존스 교수님도 좋아하실 거야.

전화를 끊는 그의 눈빛은 맹렬히 타오르고 있었다.

마치, 핏줄을 타고 흐르는 무언가를 증명하듯이.

⟳

보라스 코퍼레이션의 최첨단 훈련 시설.

"흐읍-!"

김신은 지독하다는 말이 어울릴 만큼 꼼꼼히 몸을 풀었다.

지난 생, 30대 중반의 나이로 메이저리거가 됐을 때.

그가 언제까지 마운드에 설 수 있을지는 아무도 몰랐다.

그저 그가 할 수 있었던 건 전문가들의 도움을 받아 최선의 관리를 하는 것과 그의 의학 지식을 활용하여 그것을 조금이라도 발전시켜 보는 것.

이전의 생에서는 그런 노력에도 불구하고 7년밖에 던지지 못했지만.

이번 생에서는 그 덕을 톡톡히 보고 있는 김신이었다.

"후우……."

여전히 그의 가슴속에서 타오르고 있는 열의는 고작 한두 해 리그를 씹어 먹는다고 해서 사라질 그런 계제가 아니었다.

'최소 10년. 잘 관리해서 2030년대까지는…….'

적어도 역사에 이름을 새길 만한, 그래…… 약쟁이 놈이 세웠던 기록 정도는 세워 줘야 하지 않겠는가 말이다.

'빠른 공, 더 빠른 공…… 그보다 더 빠른 공이라고?'

김신이 약의 도움으로 역사상 최고의 투수라는 칭호를 얻어 낸 한 투수를 떠올리며 트랙을 도는 사이.

"김신 선수!"

금발의 미남이 훈련장에 모습을 드러냈다.

김신은 대수롭지 않은 일인 양 잠시 시선을 돌렸다가 하고 있던 러닝을 지속했지만, 혜빈은 여상한 일이라는 듯 용건을 꺼내 왔다.

"구로다 히로키와 마이클 피네다가 양키스에 합류했습니다!"

두 명의 선발 자원이 팀에 합류했다는 말.

그 말은 김신의 경쟁자가 늘어났다는 말과 일맥상통했다.

하지만 혜빈은 전해야 할 소식이라서 전한다는 듯 걱정 따위는 일말도 비치지 않았다.

구로다 히로키.

즉시 전력감으로 써먹을 수 있는 솔리드한 선발.

마이클 피네다. 프론트라이너급이 기대되는 유망주.

그러나 김신과 비해 보면 둘 다 빛이 바랜다.

'어디까지 날아오를지 참 기대가 돼.'

누구도 따라올 수 없는 빛나는 재능을 가졌으면서도.

매일매일 성실한 훈련을 행하는 아름다운 워크에식(Work ethic)을 가진 남자.

트랙을 도는 그 남자의 등을 바라보며 미소 짓던 혜빈은 이내 이어 떠오르는 생각에 얼굴을 흐렸다.

'150만······.'

물론 많은 돈이다. 한화로 20억 원에 근접하는 큰돈.

하지만 혜빈은 조금의 흔듦만으로도 더욱더 큰 계약금을 받아 낼 자신이 있었다.

스스로가 가진 상품은 억만금을 주고도 살 수 없는 보물이었고, 상대는 명확히 그것이 필요한 상황이었으며, 심지어 살 수 있는 능력까지 있었다.

하지만 상품 자체가 그것을 바라지 않아서야…….

"후우…….."

물론 몇몇 옵션들을 얻어 내긴 했지만, 날아간 거액의 수수료에 잠시 한숨을 흘리던 혜빈은 이내 자신이 전해야 할 두 번째 소식을 입에 담았다.

"김신 선수!"

혜빈의 말과 함께 최첨단을 자랑하는 보라스 코퍼레이션의 훈련 시설로 누군가가 들어서고 있었다.

"양키스의 투수 인스트럭터가 찾아왔습니다!"

앤디 페티트.

3번의 올스타, 5개의 우승 반지를 가진 양키스의 코어4 중 하나.

통산 16시즌을 뛰고 2010년에 은퇴한, 미래 양키스의 영구결번을 받을 남자.

2012시즌 양키스의 투수 인스트럭터로 내정돼 있는 그 남자는 어떤 '결정'을 위해 보라스 코퍼레이션의 훈련 시설에 발을 디뎠다.

뻐엉-!

2012시즌, 양키스의 선발진은 양키스라는 이름을 짊어지기에는 너무나 나약하게 꾸려지고 있었다.

캐시먼 단장이 직접 나서서 그에게 복귀 의사를 진지하게 타진할 만큼.

그가 은퇴를 번복하고 복귀를 심각하게 고려할 만큼.

그러나 그것은 결코 쉬운 결정이 아니었기에, 앤디 페티트는 캐시먼이 제시한 데드라인까지 그 제안에 대한 답변을 주지 못하고 있던 중이었다.

그런데 며칠 전, 고지해 두었던 데드라인에 전화해 온 캐시먼 단장은 결정에 도움이 될 거라는 말과 함께 한 사람의 이름을 남기며 보라스 코퍼레이션의 훈련 시설로 가 볼 것을 제안했다.

그리하여 찾아오게 된 이곳에서…….

뻐엉-!

웬 괴물이 공을 던지고 있었다.

훈련 시설이 터져 나갈 듯한 굉음을 울리며.

캐시먼이 말했던 바로 그 남자였다.

단장 직권으로 스프링캠프에 초대했다던 유망주.

'김신……이라고 했던가.'

큰 키에서 쏟아져 나오는 100마일의 강속구.

예리한 각도로 휘어져 나가는 고속 슬라이더.

그 두 가지를 가진 좌완 파이어볼러가 어떤 일을 해낼 수 있는지, 앤디 페티트는 누구보다도 잘 알고 있었다.

2001년, 그들의 영광스러운 포핏을 막아섰던 투수.

전날 그와 맞대결을 펼친 선발 투수이면서도, 하루 만에 팀을 위해 마무리로 올라왔던 초인.

30대를 훌쩍 넘긴 나이에 4년 연속 사이 영을 거머쥔 전설.

빅 유닛, 랜디 존슨.

그러나 놀랍게도 눈앞의 루키는 그 전설조차 가지지 못했던 것까지 가지고 있었다.

뻐엉—!

폭포수처럼 떨어져 내리는 80마일의 커브.

메이저리그 평균 커브 구속과 큰 차이가 없는 구속이지만, 그걸 던지는 사람이 100마일의 속구를 구사하는 좌완 파이어볼러라면 이야기는 매우 달라진다.

평범한 구속의 커브가, 절정의 오프스피드 피치로 탈바꿈하는 것이다.

'2년…… 아니, 1년이면 충분한가.'

눈앞의 루키는 그 안에 루키라고는 부를 수 없는 위치에 다다를 것이라고.

앤디 페티트는 그렇게 생각했다.

그리고 하나 더.

'10년.'

양키스의 10년을 책임질 남자라고.

그렇기 때문에 앤디 페티트는 결정을 내렸다.

그리고 어느새 피칭을 끝내고 정리 운동을 하고 있는 괴물에게 다가갔다.

"앤디 페티트다."

조금이면 되리라, 아주 조금이면.

그가 16년 동안 10인치 높이의 흙더미에 오르며 획득한 무언가를 전수할, 마지막 불꽃을 불태울 시간 동안만.

'그레이트 양키스를 위하여.'

양키스의 투수 인스트럭터가 아닌, 코어4의 일인으로서.

'선발 투수' 앤디 페티트가 손을 내밀었다.

"김신입니다."

회귀한 맹수가 무슨 생각을 하는지는 꿈에도 모른 채.

'약쟁이 새끼가?'

금지 약물.

순수한 선수의 노력을 기만하는 최악의 배덕.

한 명의 선수가 분골(粉骨)의 고통으로 쌓아 올린 빛나는 커리어를, 쓰레기통에 처박고 짓밟는 끔찍한 망종.

메이저리그 역사상 최악의 파동을 낳았으며, 2000년대 초반 극단적인 타고투저 사태를 초래했던 부정행위.

　김신은 악수를 하고 돌아가는 남자의 뒷모습을 뚫어져라 바라보았다.

　'약쟁이 새끼가 어딜 감히.'

　앤디 페티트.

　같은 코어4로 이름 높은 데릭 지터, 호르헤 포사다, 마리아노 리베라와는 달리 약물에 손을 댄 더러운 기만자.

　뻔한 덕담 몇 마디만을 던지고 돌아갔지만, 미래를 알고 있는 김신의 머릿속엔 한 가지 가능성이 떠올랐다.

　'설마, 똑같이 복귀한다는 건가?'

　이제는 사라져 버린 미래, 앤디 페티트는 2012시즌에 은퇴를 번복하고 선발 투수로 복귀하여 2013시즌까지 양키스 선발의 일익을 담당한 바 있었다.

　만약 역사대로 앤디 페티트가 복귀하는 거라면…….

　헤빈이 합류 소식을 전해 준 두 투수, 구로다 히로키와 마이클 피네다에 앤디 페티트까지 더해지는 양키스의 선발진은 과포화 상태다.

　물론 몇몇은 부상으로, 몇몇은 극심한 부진으로 이탈하겠지만 김신의 메이저 데뷔가 미뤄질 수도 있는 상황이 된 건 맞았다.

　'쯧. 그래, 아직 증명하지 못했으니까.'

지금의 김신은 단 한 경기도 뛰지 않은 생짜 루키.

메이저리그는 아무리 당첨이 확실한 복권이라도 까 보기 전엔 모르는 세계다.

메이저리그 스프링캠프에 직행한다는 것만으로도, 150만 달러에 달하는 계약금을 덥석 안겨 준 것만으로도 이미 캐시먼은 그를 인정한 것이다.

김신도 충분히 그런 점을 이해하고 있었다.

하지만.

'이해는 해도, 가만히 받아들일 생각은 없다.'

김신은 자신이 있었다.

마이너를 아예 거치지 않고 메이저로 직행한 LA 다저스의 박천후.

3개월간 사인만 배우고 마이너를 박살 낸 채 메이저로 향한 애리조나 다이아몬드백스의 김범헌.

그들보다 더한 일을 해낼 자신이.

'보여 주지.'

그레이트 홀에 같이 걸리는 것만으로도, 영구결번의 영예를 같이 받는 것만으로도.

구역질이 나게 만드는 약쟁이와 함께 뛰어야 한다니.

그를 위대한 투수로 키우겠다는, 앤디 페티트와 캐시먼 단장의 생각은 꿈에도 모른 채.

이미 완성되어 있는, 시간을 거슬러 온 투수는 이를 갈았다.

그리고 그 시각.

"좋았어!"

앤디 페티트에게서 복귀 의사를 전해 들은 캐시먼은 미소를 지었다.

겨울이 끝나 가고 있었다.

팬들은 무료함으로 몸서리치고, 프런트는 정신없이 바쁜 스토브리그도 끝이 난 2월 중순.

툭—!

플로리다에 마련된 양키스 스프링캠프에 훤칠한 동양인이 모습을 드러냈다.

6피트 5의 큰 키.

곰 발바닥이 연상되는 두꺼운 손을 지닌 남자.

몇몇 양키스의 극성팬들이 안줏거리 삼아 씹어 대는 투수가.

"후우……."

김신은 로커 룸에 들어서서, 다시 보는 반가운 정경을 둘러보았다.

구석 중에서도 가장 구석, 가장 안 좋은 자리에 그의 등번호가 새겨진 유니폼이 반짝이고 있었다.

자신들의 오만을 만천하에 드러내는, 이름 없는 핀스트라이프가.

"92번."

메이저리그 역사상 단 한 번도 수여된 적 없는 등번호.

그의 출생 년도를 딴, 10인치의 흙더미 위에서 팬들을 향해 제 존재를 각인시키던 바로 그 번호.

스윽―!

잠시 복잡한 눈빛으로 그것을 쓰다듬던 김신은, 이내 다른 라커 쪽으로 눈을 돌렸다.

가장 크고, 좋은 라커로.

그리고 그곳에도 역시, 유니폼이 걸려 있었다.

2번.

미스터 노벰버(Mr. November), 양키스의 영원한 캡틴.

은퇴할 때까지 유격수 글러브를 놓지 않은 욕심쟁이.

여자 친구들로 야구단을 만들 수 있는 희대의 풍운아.

뉴욕의 왕, 데릭 지터.

지난 생에서는 그저 대머리의 마이애미 구단주였지만, 이제부터는 그에게 왕위를 승계할 남자.

김신이 타오르는 눈빛으로 그 유니폼을 바라보고 있을 찰나.

"여어, 누가 이렇게 부지런해?"

장난기 가득한 음성이 들리고. 고개를 돌린 곳엔.

"처음 보는 얼굴인데? 이름이?"

불혹을 바라보는 혼혈 미남이 빙긋 웃는 얼굴로 김신을 바라봐 왔다.

"데릭…… 지터……?"

"그래, 맞아. 내가 바로 데릭 지터다."

전혀 예상치도 못했던 만남에 김신은 순간 당황하고 말았다.

스프링캠프는 차려졌지만, 투수조가 하루 빨리 소집되는 메이저리그의 특성상 야수조의 소집일은 내일.

캡틴인 데다 유격수인 데릭 지터는 오늘 이곳에 있을 리 없는 사람이었지만.

"캡틴이라고 불러도 좋아, 애송이."

젊은 얼굴로 그 앞에 서 있는 사람은, 그가 방금까지 훔쳐보고 있던 유니폼의 주인이 확실했다.

하지만 잘못한 것도 없는데 잘못한 것 같은 느낌에 당황하던 것도 잠시.

곧바로 신색을 수습한 김신은 꾸벅 고개를 숙였다.

"김신입니다, 캡틴."

마지막 뉴욕의 왕과 대면한 야수의 심장이 거친 숨결을 토해 냈다.

Mr. November? 영원한 양키스의 캡틴?

어쩌라고.

'나는 김신이다.'

훈련, 훈련, 그리고 또 훈련.

만족스러운 포식을 위해 2년간 지루하게 잠자고 있던 맹수가 눈을 떴다.

"보직은 투수고, 애송이는 아닙니다."

"하?"

뻐엉-!

젊었을 적의 잘생겼던 외모는 흔적만 남았지만, 슈퍼스타의 아우라만큼은 여전히 온몸에 두르고 있는 남자.

데릭 지터는 팔짱을 낀 채 무표정한 얼굴로 철통같은 보안 아래 개인 훈련에 열중하고 있는 한 투수의 모습을 노려보았다.

오랜 친구들의 간곡한 부탁에 하루 일찍 스프링캠프에 합류한 그에게 애송이가 내놓은 한마디.

그 한마디를 곱씹으면서.

'애송이는 아닙니다?'

맹랑한 루키 하나가 스프링캠프 초청의 흥에 취해 멋도 모르고 지껄였다면 그저 귀엽게 보고 넘어갔을 거다.

그런 놈들이 메이저리그에 올라와 어떤 환영을 받는지 누구보다 잘 알고 있으니까.

　하지만.

　　-내 빈자리를 채워 줄 녀석이 있어.
　　-이번 스프링캠프에서 신경 써 줬으면 하는 선수가 있습
니다.

　그 루키가 바로 그의 오랜 친구들을 호들갑 떨게 만든 놈
이라면 이야기는 다르다.

　근거 없는 자신감은 치기(稚氣)라 불리지만, 근거 있는 자
신감은 패기(覇氣)라 불리는 법.

　"어디 보여 봐라, 애송이."

　마치 십 수 년 전 그와 동료들처럼, 무언가를 가득 담은 눈
동자를 떠올리며.

　데릭 지터는 이제 막 와인드업을 시작하는 투수에게 시선
을 고정했다.

　그리고 그 순간.

　"와 줬네."

　누군가의 말소리를 뒤덮는 엄청난 포구음이 울려 퍼졌다.

　뻐어어어엉-!

　하나 데릭 지터는 그 정도로는 부족하다는 듯, 눈썹 하나
깜짝이지 않은 채 여전히 날카로운 눈으로 전방을 주시했다.

"누가 하도 유난을 떨어서 말이지."

"그럴 만했으니까."

뻐어엉-!

대화 사이사이를 파고드는 강렬한 포구음.

수십 년간 야구 판에서 구르고 구른 남자는 소리만으로도 그 구속을 예측해 내었다.

"100마일쯤 나오나 보지?"

"맞아."

"100마일을 던지는 좌완 파이어볼러. 대단하긴 하지만 이 정도로 그 난리를 쳤을 리는 없고⋯⋯."

말꼬리를 흐리며 물어 오는 친우의 말에 앤디 페티트는 미묘한 웃음을 지으며 한마디를 툭 던졌다.

"2001."

그들이 실패했던 순간을.

그리고 그것을 들은 데릭 지터의 머리에 거인(巨人)이 스쳐 지나갔다.

투수인 앤디 페티트보다 그가 훨씬 더 잘 아는 어떤 초인이.

"랜디?"

"얍."

확신에 찬 앤디 페티트의 대답에 데릭 지터는 피식 웃으며 고개를 저었다.

"그래 봐야 아직 루키야. 실링이 그 정도라도⋯⋯."

그러나 데릭 지터의 말은 끝을 맺지 못했다.

슈우욱ㅡ!

불펜에 선 투수의 손에서, 그 초인조차 가지지 못했던 것이 튀어나왔으니까.

오버핸드 폼에서 쏟아져 내리는 수준급의 커브가.

"허!"

속구와 슬라이더만 가지고도 리그를 제패했던 랜디 존슨이지만 사실 전문가들은 그에게 커브가 있었다면 더욱 강력했을 것이라 누누이 이야기해 왔다.

큰 키의 강속구 투수가 던지는 커브란 그런 것이니까.

거기에 오버핸드 폼임에야 더 이상 말할 것도 없었다.

"이제 좀 이해가 돼?"

그 뒤통수로, 웃음기 머금은 친우의 말이 파고들었다.

왁자지껄했던 낮 시간이 거짓이었다는 양 고요한 침묵에 빠져든 뉴욕 양키스의 스프링캠프.

내부에 마련된 실내 연습장으로 김신이 모습을 드러냈다.

"후우⋯⋯."

오전과 꼭 같은 방법으로, 꼼꼼하게 몸을 푼 김신은 어깨를 휘휘 돌리며 투구 판 앞으로 향했다.

사상최강의
양손투수

'앤디 페티트가 부른 거였나?'

훈련을 시작하기 전, 의식처럼 손안에서 공을 굴리며 김신은 낮의 기억을 떠올렸다.

팔짱을 낀 채 그의 피칭을 주시하던 양키스의 캡틴과 투수조 최선임의 모습을.

'약쟁이가 도움이 될 때도 다 있군.'

안 그래도 하루 빨리 능력을 증명해 내야 하는 입장에서, 확고부동한 클럽하우스의 리더가 신경을 써 준다는 건 기대하지 않은 행운과 같은 일이었다.

하물며 그 리더가 약물의 시대를 인간 본연의 몸으로 뚫고 나온, 존경할 만한 남자임에야.

'그렇다고 꼬리 만 개새끼처럼 헉헉댈 건 아니지만.'

굴러들어오는 호박을 걷어차진 않겠지만, 그렇다고 무릎까지 꿇어 가며 받아먹을 생각은 없다.

키워 줘야 하는 애송이 따위가 아닌, 함께 대국을 논할 수 있는 맹수.

그게 바로 김신이라는 투수였으니까.

"흐읍―!"

생각을 털어 내며 힘껏 와인드업 한 김신의 팔이 채찍처럼 바닥을 스쳤다.

"흐읍!"

뻐엉―!

오른손이었다.

투수조가 첫 훈련을 개시한 바로 다음 날.

마침내 모든 로커 룸이 주인을 찾았다.

"여어, 잘 지냈어?"

"까불지 마라, 카노."

"오랜만에 만났는데 까칠하기는."

데릭 지터, 마크 테세이라, 커티스 그랜더슨으로 대표되는
베테랑들.

로빈슨 카노, 브렛 가드너로 대표되는 붙박이 주전들.

꿈인지 생신지 모르겠다는 표정으로 설레 하는 마이너리
그 출신 선수들.

자신감 충만한, 순진한 유망주들.

반갑게 인사를 나누는 로빈슨 카노와 브렛 가드너를 바라
보며, 김신은 참을 수 없는 비웃음을 머금었다.

'약 냄새가 진동을 하는구먼.'

현재 리그 최고를 다투는 2루수인 로빈슨 카노가, 어떤 부
정을 저질렀는지 잘 알고 있었으니까.

잠시 서늘한 눈으로 로빈슨 카노를 바라보던 김신은 이내
고개를 돌려 이곳에서 가장 끔찍한 악취를 풍겨 내고 있는

한 사내를 바라보았다.

2억 하고도 7,500만 달러라는 거금을 처먹고도 팀에 하등 도움이 되지 않는 놈.

약을 끊고 급전직하한 성적과 부상으로 신음하며 양키스 페이롤의 가장 윗부분을 차지하고 있는 쓰레기.

알렉스 로드리게스(Alex Rodriguez). 통칭 A-rod.

악취를 참아 넘기기가 매우 힘들지만, 지금 그의 위치에서 할 수 있는 일은 없었다.

그저 원래의 미래대로, 쥐새끼들이 쓸려 나가기만을 기다려야 할 뿐.

다행인 것은 그 미래가 머지않았다는 것 정도였다.

"후우……."

김신은 심호흡을 하는 척 한숨을 내쉬고는, 안구를 정화하기 위해 고요히 앉아 눈을 감고 있는 동양인에게 시선을 던졌다.

자기 관리도 제대로 못해 펑퍼짐하게 불은 몸으로 스프링캠프에 합류한 마이클 피네다.

들쭉날쭉한 기복을 보이며 그저 그런 선수로 전락해 갈 이반 노바.

그런 투수들과는 격이 다른 인물을.

'구로다 히로키(黑田博樹).'

40에 가까운 나이임에도 단년 계약만을 체결하며 끊임없이 스스로를 몰아치는 극기(克己)의 사나이.

은퇴 1년 전 거액의 계약금을 걷어차고 끝내 고향으로 돌아가 커리어를 마무리한 의리남.

앞으로 몇 년간 그의 뒤를 받칠 믿음직한 동지.

마치 고행하는 승려와 같은 그 분위기에 김신의 입가에 간신히 미소가 걸릴 찰나.

'⋯⋯?'

마치 꿀을 찾는 나비처럼 그에게로 야구공 하나가 날아들었다.

턱-!

그리고 그것에 이어, 김신의 귓가로 왕의 전언이 파고들었다.

"라이브 피칭, 괜찮지?"

김신의 입가에 걸린 미소가 짙어졌다.

"물론입니다, 캡틴."

빈틈없이 채워진 양키스 스프링캠프에서 가장 주목을 끈 사람은 마이너리그를 폭격했던 유망주도, 막강한 아우라를 뿜어내는 베테랑도 아니었다.

어디 붙어 있는지도 모를 한국이라는 나라에서 날아왔다

는 동양인 투수.

일체의 경기 기록이 없었음에도 150만 달러라는 거액의 계약과 함께 스프링캠프에 초청된 낙하산.

김신이었다.

"저 새낀 뭐야?"

"못 들었어? 이번에 단장이 전격적으로…….'

25인 로스터에 자기 자리를 박아 넣은 주전들이야 잠깐 있다가 마이너에 내려가겠거니, 하며 신경을 거뒀지만 당장에 경쟁 상대가 될 마이너리거들까지 그렇게 속 편히 생각할 리는 만무.

더군다나 첫날 훈련에도 불참한 놈이 로커 룸에 앉아 고고한 척 꼴값을 떨고 있으니 더욱 좋게 보일 리가 없었다.

그러나 김신을 따돌리듯 이리저리 뭉친 무리들 사이에서 그에 대한 험담이 나올 찰나, 그들의 뒤통수를 후려갈기는 일이 발생했으니.

"라이브 피칭, 괜찮지?"

"물론입니다, 캡틴.'

양키스의 캡틴이 그 낙하산에게 라이브 피칭.

쉽게 말하면 일 대 일 대결을 제안한 것이었다.

"싹수가 보이는 놈인가?"

"일단 가자고! 캡틴의 이런 모습, 쉽게 볼 수 있는 게 아니니까.'

주전들은 흥미로.

"그래, 얼마나 잘하는지 보자."

"근데 지터 씨는 왜 저런 놈한테 관심을 보이는 거야?"

"낸들 아냐."

"단장이 시킨 거 아냐?"

"미친, 단장이 아무리 대단해도 지터 씨한테?"

마이너리거들은 시기와 질투로.

양키스 스프링캠프에 참여한 모든 선수가 한순간에 그라운드로 뛰쳐나갔다.

그리고 그들의 눈앞에 등장한 인물은.

몸을 풀고 있는 데릭 지터와 김신을 바라보며 팔짱을 끼고 있는 남자.

"감독님?"

양키스의 감독, 조 지라디였다.

흥미로만 차 있던 메이저리거들의 눈동자에 의문이 차오르는 순간이었다.

깔끔하게 준비되어 있는 그라운드.

기다렸다는 듯이 심판 역을 맡을 코치를 대동하여 등장한 감독.

그를 뚫어져라 바라보고 있는 수십의 건장한 남정네들.

그 사이에서, 김신은 피식 웃었다.

"룰 숙지한 거 맞아?"

"맞습니다."

이것은 지터가 그에게 내리는 시험이자, 그의 존재를 한 방에 각인시킬 수 있는 기회였다.

순식간에 고양되는 호승심에, 김신은 입가에 떠오른 미미한 미소를 지울 수가 없었다.

그런 그의 모습이 불안했던 듯 지터는 다시 한번 룰을 읊어 주었다.

"아웃 카운트 3개 잡으면 끝. 내야 플라이, 외야수 정위치 플라이는 아웃이야. 무실점으로 틀어막으면 네 승리, 2루 이상 진출하면 내 승리. 오케이?"

"예, 알겠습니다."

룰을 설명하고 타석으로 향하는 지터의 등을 바라보며, 김신은 루틴대로 손안의 공을 굴렸다.

승리하면 승리하는 대로 좋고, 패배하더라도 좋은 모습을 보여 준다면 그의 평판은 백팔십도 바뀌리라.

물론 질 생각은 추호도 없지만.

'떠먹여 주는 것 같아서 별로이기는 해도…….'

그렇다고 차려진 밥상을 뒤엎을 성격은 못되는 남자가 바로 그였다.

'맛있게 먹어 주지.'

김신은 어서 빨리 던지라는 육체의 아우성을 충실히 따라 팔을 휘둘렀다.

누군지는 모르지만, 불쌍하게도 끌려 나왔을 마이너리그 포수에게 심심한 사과를 건네며.

뻐엉-!

김신의 손을 떠난 공이 0.35초 만에 포수 미트를 파고들었다.

100마일.

평범한 인간의 반응속도로는 칠 수 없는 마구.

잡아 낸 포수에게 찬사를 보내야 할 만한 그런 공.

하지만 김신의 초구가 의미하는 바는 그것뿐만이 아니었다.

'한가운데?'

칠 테면 쳐 보라는 듯 한가운데로 파고든 그 궤적에 지터의 입가에 사나운 미소가 걸렸다.

'그래, 이래야지.'

선수를 양보하는 고수의 마음으로 초구를 지켜본 지터가 배트를 다시금 움켜쥐었다.

100마일?

빠르긴 하지만 수도 없이 쳐 본 공에 불과하다.

타격은 타이밍이고, 데릭 지터는 한 번 본 것만으로도 그 타이밍을 잡아 낼 수 있는 위대한 타자였다.

제2구.

딱—!

지터의 방망이가 큰 울음을 토해 냈다.

하지만.

'젠장, 밀렸어!'

분명 데릭 지터란 남자는 한 번 본 것만으로도 타격 타이밍을 잡아 낼 수 있는 위대한 타자다.

하지만 타이밍을 잡는 것과 실제로 그 공을 쳐 내는 것은 다른 이야기.

노쇠하기 시작한 그의 육체는 그의 생각보다 아주 조금 느렸고.

"102마일입니다."

싱싱한 젊은 육체에서 뻗어 나온 공은 그가 생각한 것보다 아주 조금 빨랐다.

"102마일?"

"홀리 싯!"

스피드건을 들고 있던 코치의 말에 호들갑 떠는 군중을 무시한 채 지터는 심호흡하며 다시 한번 자세를 잡았다.

그리고 잠시 늙은 사자를 바라보던 젊은 도전자는 똑같은 자세로 공을 뿌렸다.

딱—!

"파울!"

김신은 늙은 타자에게 빠른 공이 얼마나 치명적인 것인지 아주 잘 알고 있었고.

적의 약점을 봐주는 성인군자 따위 또한 결코 아니었다.

'어디, 제대로 한번 해 볼까?'

오히려 그 약점을 집요하게 물어뜯는 맹수였지.

부우우우웅-!

속구, 속구, 그리고 또 속구.

스트라이크존 구석구석을 파고드는 김신의 속구 앞에, 뉴욕의 왕이 무너져 내렸다.

"아웃!"

그 순간, 그 모습을 감상하던 한 히스패닉이 눈을 반짝였다.

'이거 어쩌면?'

알렉스 로드리게스.

총액 4억 3720만 달러. 누적 연봉 1위에 빛나는 세계 최고의 슈퍼스타'였'던 남자.

데릭 지터, 노마 가르시아파라와 함께 유격수 빅3로 불렸으며.

수비 부담이 가장 큰 유격수로 뛰면서 역사상 세 번째 40-40클럽에 가입하고 3년 연속 40홈런을 때려 냈던 천재중의 천재.

하지만 2009년 약물 파동과 함께 찾아온 신체의 노쇠화 탓에 성적이 급격히 떨어지면서 팬과 구단, 야구 관계자 모두에게 버림받아 가고 있는 선수.

마지막 불꽃을 태우기 위해 양키스라는 제국에서 자신의 위치를 재확립하기 위해 호시탐탐 기회를 엿보던 효웅(梟雄).

생각지도 못하게 찾아온 기회에 그 효웅의 눈이 반짝였다.

'이거 어쩌면?'

자신과 함께 3대 유격수로 꼽혔으며, 인정하긴 싫지만 지금에 와서는 명실상부 메이저리그 최고의 스타로 자리매김한 데릭 지터가.

천하의 A-rod에게 3루수 글러브를 끼게 만든 남자가.

"아웃!"

경기 경험조차 없는 루키에게 속수무책으로 삼진을 당하고 있었다.

"와, 캡틴이 저렇게······!"

"좀······ 던지긴 하네."

"좀? 저게 좀이라고?"

"······딱 봐도 저 루키가 죽자 살자 몸을 끌어 올렸구먼. 벌써부터 저러면 시즌 후반에 퍼지지. 캡틴은 준비도 제대로 안 됐을 텐데."

"그 말도 맞지만, 공은 진짜야. 100마일의 좌완 파이어볼러라니, 어디서 저런 놈이 튀어나왔지?"

마지막 아웃 콜이 떨어지고, 선수들이 김신과 데릭 지터의 대결에 대해 논할 찰나.

알렉스 로드리게스는 자신의 배트를 챙겨 들었다.

'임팩트를 남길 절호의 기회다.'

알렉스 로드리게스는 팀 내 최고 연봉자이자 빛나는 커리어를 가진 베테랑이었지만, 현재 양키스 클럽 하우스 내에서의 지분은 밑바닥이나 다름없었다.

데릭 지터를 필두로 한 양키스의 순혈들이 그를 철저하게 배제하고 있었으니까.

직접적으로 모욕을 주거나 하는 일은 없었지만, 그 미묘한 분위기를 그가 어찌 모르랴.

거기에 더욱더 그를 화나게 만드는 건…….

'빌어먹을 순혈주의!'

같은 약물 사용자인 앤디 페티트에게는 그에게 향하는 모든 시선이 해당 사항 없다는 거다.

'회복을 위해서만 사용했다? 인정하고 사과했으니 정상 참작할 만하다?'

알렉스 로드리게스는 걸음을 옮기며 코웃음 쳤다.

'지랄하고 있네. 코어4라 이거지.'

그리고 그것은 공교롭게도 닿은 방향은 달랐으되, 김신이 하고 있는 생각과 똑같았다.

약쟁이가 똑같은 약쟁이지, 착한 약쟁이와 나쁜 약쟁이가 어디 있단 말인가.

정정당당하게 스포츠맨십을 겨룬 다른 선수들을 모두 기만하는 행위인 것은 다를 바 없는데.

'성적으로 찍어 눌러야 해.'

어찌 되었건 알렉스 로드리게스에게 남은 것은 역설적이게도 오직 야구뿐이었다.

원래부터 데릭 지터보다 한 수 위의 타격 성적을 자랑했던 몸.

알렉스 로드리게스는 압도적인 성적으로 데릭 지터를 누르고, 자신의 위치를 재확립하고자 했다.

'패스트볼만 던지는 걸 보니, 아직 변화구가 장착 안 됐나 보군.'

그리고 그것의 첫 제물로.

"이봐, 아직 몸 덜 풀리지 않았어?"

아주 안타깝게도, 김신을 선택했다.

"아직 몸이 덜 풀려서 그래."

"예, 압니다."

"진짜라니까? 네가 잘 모르나 본데, 나 같은 메이저리거들은 개막전에 맞춰서 몸을 끌어 올리기 때문에……."

허무하게 셧아웃당한 데릭 지터는 억울하다는 양 마운드로 다가와 김신에게 변명을 시작했고.

'거참, 그렇게 안 보이는데 혓바닥이 기네.'

김신은 투구 때의 맹수 같은 발톱을 숨긴 채 앞으로 수년을 함께해야 할 캡틴의 면을 살려 주었다.

"알고 있습니다. 다음에 기회가 되면 다시 한 수 가르쳐 주시죠."

"……."

정중한 김신의 대답에 물끄러미 그를 바라보던 데릭 지터는, 순간 표정을 바꾸며 나직이 말했다.

"좋아, 그걸 안다니 묻자. 너, 버틸 수 있겠어?"

백팔십도 달라진 표정의 지터.

그 표정은 곧 마이너리그로 내려갈 루키를 대하는 것이 아니었다.

자신의 말년을 함께할, 미래의 동료를 바라보는 눈빛.

'이 얘길 하려고 서론이 길었나?'

그것을 똑바로 마주하며, 김신은 자신감 넘치는 미소를 지었다.

"못할 것 같습니까?"

"하, 이 자식 정말……."

개막전에 맞춰서 몸을 끌어 올리는 건 '메이저리거'나 가능한 방법.

김신과 같이 로스터에 오를지 알 수 없는 마이너리거나 루키의 경우 스스로를 증명하기 위해 스프링캠프부터 최상의 몸 상태를 만드는 게 보통이다.

그러나 인간의 신체에는 한계가 있는 법.

당연히 그렇게 몸을 일찍 끌어 올린 여파로 시즌 후반에 퍼지게 되는 건 감수해야 할 리스크다.

하지만.

"걱정 마십시오. 50경기는 뛸 수 있으니까."

김신은 호언장담했다.

'정말 될 것 같거든.'

날아갈 것 같은 육체가, 젊음이.

그에게 소리치고 있었으니까.

'원래부터 그랬던 건지, 회귀 선물인지는 모르겠지만…….'

이전 생보다 큰 키, 일말의 흐트러짐도 보이지 않는 신체 밸런스, 지칠 줄 모르는 체력, 날카로운 손끝의 감각.

이전 생에서는 꿈에도 몰랐던, 그의 젊은 육체의 울부짖음을 듣고.

전직 '메이저리거' 김신은 판단했다.

지금 이 상태로도 50경기는 뛸 수 있을 것 같다고.

"그래, 무슨 말인지 알겠다."

그러나 김신의 호언장담을 젊은이의 패기로 인식했는지,

지터는 피식 웃으며 김신의 어깨를 두드렸다.

"나도 너 같을 때가 있었지. 그래도 전문가들 조언 받아서 제대로 관리해라. 그러다가 훅 간다."

"예, 조언 감사합니다."

어차피 말해 줘도 믿지 못할 이야기이기에, 김신은 적당히 넘기며 고개를 숙였다.

하나 지터 또한 무엇이든 할 수 있을 것 같은 그 시기를 거쳐 온 몸.

김신의 태도가 무엇을 의미하는지 모를 리가 없었다.

하지만 굳이 말꼬리를 늘려 루키의 패기를 짓밟을 필요는 없는 일.

'뭐, 잔소리한다고 들어 먹을 것 같지도 않고.'

팀의 캡틴이자 베테랑이 애송이라고 했다고 바락바락 대꾸하던 놈이 아닌가.

'그리고…… 루키의 패기라는 게 꼭 안 좋은 것만은 아니니까.'

지터는 속으로 고개를 저으며 말했다.

"그럼 여기까지 하고…… 승자로서 나한테 요구할 건?"

"예? 그게 무슨 말씀이십니까?"

일언반구도 없던 승자의 권한을 갑작스레 입에 담는 지터.

그것에 놀라 반문하는 김신에게 지터는 씨익 웃어 보였다.

"이것도 승부인데 보상이 있어야지. 아무거나 말해 봐. 내

선에서 가능한 건 들어줄⋯⋯."

그런데 그 순간.

"이봐, 아직 몸 덜 풀리지 않았어?"

어느새 배터 박스로 들어서고 있는 훤칠한 히스패닉이 지터의 말을 끊어 냈다.

익숙한 목소리에 홱 돌아간 지터의 표정에 당혹이 들어찬다.

"A-rod? 너 설마?"

그는 데릭 지터의 물음을 묵살하며, 들고 있던 야구방망이를 김신에게로 겨누었다.

"나랑도 한번 하자."

갑작스레 일어난 돌발 상황에 지터는 캡틴으로서 그것을 저지하려 했으나.

"아니⋯⋯."

"감사합니다!"

김신의 외침이 더욱 빨랐다.

"오, 이번엔 A-rod? 저 루키 계 탔네."

"이게 무슨 호화 라이브 피칭이야?"

급격하게 끓어오르는 분위기.

잠시 조 지라디 감독과 눈을 맞추던 지터의 귓가로 김신의 말소리가 파고들었다.

"보상으로 이번 한 번만 봐 주십쇼. 크게 사고 치진 않겠습니다."

방금 전 본인이 내뱉은 말이 스스로를 옭아매는 자승자박
(自繩自縛)의 상황.

지터는 어쩔 수 없음에 한숨을 내쉬며 자리에서 물러났다.

"후, 오늘만이야."

"감사합니다, 캡틴."

지터와 김신이 대화를 나누는 동안 뻘쭘히 물러서 있던 포
수가 다시 자리에 앉고.

"룰은 똑같이. 나도 한번 보고 싶어서 그러는 거니까, 편
하게 해."

"예, 알겠습니다."

타자만 바뀐 채 라이브 피칭이 재개됐다.

그러나 겉으로 보이는 화기애애한 모습과는 달리, 김신의
속내는 백팔십도 달랐으니.

'잘 걸렸다, 이 새끼야.'

"플레이볼!"

심판의 경기 시작 선언과 함께, 김신의 육체가 역동적으로
움직이기 시작했다.

호쾌한 와인드업, 하늘을 뚫을 듯이 솟아오르는 키킹, 쭉
뻗어지는 스트라이드.

비정상적으로 긴 팔이 허공 높이 들리고.

쐐액—!

하늘에서 내리꽂히는 100마일의 투사체가 향한 곳은.

"으악-!"

약쟁이의 머리였다.

☺

힛 바이 피치 볼. 일본식 표현으로는 '데드볼'이라 불리는, 몸에 맞는 공.

타자를 1루로 걸어 나가게 만들어 주는 공이기도 하지만, 타자의 선수 생명을 끝낼 수도 있는 공.

그리고 그중에서도 머리로 향하는 공은 '헤드 샷'이라 불리며 두려움의 대명사로 통한다.

자칫하면 선수 생명뿐 아니라 목숨까지 잃을 수도 있는 공이니까.

그런데 그것이 양키스 스프링캠프 첫날에, 그것도 팀의 최고 연봉자에게 날아들었다.

100마일의 무시무시한 속도로.

"으악-!"

다행히 그라운드에 울려 퍼진 것은 비명뿐.

뼈가 부러지는 끔찍한 타격 음은 흘러나오지 않았다.

공을 주시하던 알렉스 로드리게스가 황급히 바닥으로 몸을 날렸기 때문.

순간적으로 타자에게 몰렸던 양키스 선수들의 시선이 이번엔 투수에게로 향했다.

"죄송합니다!"

마운드에 선 투수는 황급히 모자를 벗고 고개를 숙였다.

결코 헤드 샷을 의도한 게 아니며, 제구 난조로 몸 쪽 공이 빠져 버렸다는 표현.

그 진심 어린 '듯한' 사과에 자리에서 일어난 알렉스 로드리게스는 입술을 깨물며 간신히 분노를 삭였다.

'후우, 진정하자. 루키잖아. 이까짓 일로 기회를 날릴 수는 없지.'

투수의 실투는 병가지상사.

언제나 일어날 수 있는 일이다.

그 실투가 한가운데로 몰릴지, 타자의 몸으로 향할지, 뒤로 빠질지는 아무도 모르는 일.

알렉스 로드리게스는 그렇게 가슴을 진정시키며 김신에게 말을 건넸다.

"괜찮아? 계속할 수 있겠어?"

아무리 언론이 자신을 약쟁이라고 물어뜯더라도 같은 팀 동료, 그것도 새파란 루키가 의도적인 위협을 가했을 리 없다.

어찌 됐건 거액의 계약금을 받고 팀에 합류한 프로 선수이니, 또다시 헤드 샷이 나올 리는 없다.

이 수모는 나중에 갚아 주면 된다.

지금은 지터를 누르는 첫발을 떼는 게 더 중요했다.

'오히려 호재야. 이제 몸 쪽 공은 못 던지겠지. 바깥쪽을 노리면 되겠어.'

알렉스 로드리게스는 그렇게 생각했다.

"예, 괜찮습니다. 로드리게스 씨는 괜찮으십니까? 정말 죄송합니다."

"난 괜찮아. 준비되면 다시 시작해."

겉보기에는 실수를 저지른 루키를 보듬어 주는 베테랑과 진심으로 사죄하는 루키의 아름다운 모습.

그 모습에 상황을 주시하던 양키스 선수들의 입에서 안도의 한숨이 새어 나왔다.

"휴, 다행이다."

"그러게. 스프링캠프 첫날부터 팀 내 난투극 일어나는 줄 알았네."

고의성이 있는 헤드 샷은, 경기 도중이었다면 즉각 퇴장은 물론 격렬한 벤치 클리어링이 일어나도 전혀 이상할 게 없는 행위이며.

설령 고의가 없더라도 타자 쪽에서 마운드로 뛰어 올라가도 전혀 이상하지 않은 행위다.

더군다나 헤드 샷을 당할 뻔한 타자가 그 알렉스 로드리게스이니 싸움이 벌어질 기미가 보이면 즉각 그라운드로 쏟아져 나가려 했던 선수들.

그런데 잘 해결될 듯해 보이니, 선수들이 안도의 한숨을 내쉬는 것도 당연한 일이었다.

　그러나 팔짱을 낀 채 그라운드에 선 두 선수를 주시하던 데릭 지터의 머릿속엔 다른 생각이 들어차 있었다.

　방금 전, 김신이 보상이랍시고 언급했던 말.

　─이번 한 번만 봐주십쇼. 크게 사고 치진 않겠습니다.

　반대로 생각해 보면 사고는 치겠다는 소리가 아닌가.

　물론 당시에는 멋대로 라이브 피칭을 이어 가는 걸 지칭하는 줄 알았지만…….

　'저놈, 설마?'

　하나 지터가 무언가 행동을 취하기도 전, 마운드의 선 투수의 손에서 두 번째 공이 뻗어 나왔다.

데뷔

데릭 지터의 불안한 시선이 향하는 마운드.

그곳에 오연히 선 김신의 손에서 제2구가 뻗어 나왔다.

뻐엉-!

"스트라이크!"

몸 쪽 낮은 코스를 파고드는 절묘하게 제구된 포심 패스트볼.

"오, 한 배짱 하는데?"

"몸 쪽이라니 의외네."

"지금 배짱이 문제냐? 제구가 저렇게 되는 걸 보고도 뭘 모르겠어?"

3분도 채 되지 않은 과거, 헤드 샷을 날렸던 루키라고는 믿을 수 없는 배짱과 지터와의 대결에서부터 보여 준 준수한 제구력에 양키스 선수들은 술렁였고.

"흠, 아닌가?"

"예? 뭐라고 하셨습니까, 캡틴?"

"아무것도 아냐."

또다시 헤드 샷이 나오는 게 아닌가 걱정하던 데릭 지터는 떼려던 발을 지면에 붙였다.

그리고 제3구.

부웅–!

"스트라이크!"

정석적인 안쪽 바깥쪽의 볼 배합.

기다리고 있던 바깥쪽 낮은 코스의 포심 패스트볼이었지만, 알렉스 로드리게스의 방망이는 허공을 타격했다.

'지터가 애먹은 이유가 이건가.'

100마일의 강속구라고 해서 모두 똑같은 건 아니다.

같은 포심이어도 어떤 공은 작대기처럼 들어와 수월하게 공략당하지만, 어떤 공은 지저분한 무브먼트를 보이며 타자들을 농락한다.

공의 회전수가 선수마다 다르기에 일어나는 일.

그리고 김신의 포심 패스트볼은.

'라이징을 던진다고?'

평범한 포심과는 달리, 떠오르는 듯한 움직임을 보인다고 해서 붙은 이름.

라이징 패스트볼.

물론 이름대로 투수의 손을 떠난 공이 물리법칙을 역행하여 떠오른다는 건 말도 안 되는, 인간의 육체로 펼치기는 불가능에 가까운 일이다.

결국 라이징 패스트볼이란, 공에 담긴 엄청난 회전수를 바탕으로 '조금 덜' 떨어지는 패스트볼을 이르는 말일 뿐.

하지만, 그것만으로도 타자들에게는 마구가 된다.

0.35초 만에 미트에 도착하는 포심 패스트볼을 끝까지 보고 칠 수 있는 타자는 없다.

그러므로 타자들은 수많은 경험을 통해 포심의 궤적을 '예측'해서 스윙을 한다.

그런데 그게 '조금 덜' 떨어지면, 방금과 같은 헛스윙이 나오는 것이다.

'젠장, 이놈 진짜 물건인데?'

알렉스 로드리게스는 타임을 외친 채 배터 박스에서 물러나 연습 스윙을 했다.

'종종 라이징성을 보이는 강력한 포심. 거기에 제구까지 된다라……'

퍼진 정보는 한 줌뿐인 생짜 신인.

게다가 알렉스 로드리게스 역시 데릭 지터와 다를 바 없는, 끌어 올리지 않은 몸 상태.

그러나.

'못 칠 건 없지.'

라이징 패스트볼을 던진다고 알려졌던 투수는 많았다.

하지만 그 투수들이 모두 0점대 방어율을 자랑하는 압도적인 투수였느냐 하면 그건 절대 아니다.

'패스트볼밖에 못 던지는 투수도 두들기지 못하면 MVP 반납해야지.'

아메리칸리그 MVP 3회에 빛나는 타자 알렉스 로드리게스가 다시 배터 박스에 자리를 잡았다.

라인에 바짝 붙어서.

'자, 다시 한번 던져 봐.'

1볼 2스트라이크.

제4구.

"흐읍-!"

처음으로 내지른 기합과 함께.

김신의 왼손에서 공이 두둥실 떠올랐다.

부웅-!

"스트라이크! 아웃!"

이곳, 양키스 스프링캠프에 참여한 타자라면 누구나 하품하며 칠 수 있을 그런 공이 포수의 미트에 빨려 들어갔다.

"이퓨스?"

허망하게 자신을 바라보는 늙은 약쟁이를 향해.

50마일의 배팅 볼을 한가운데로 박아 넣은 남자가 웃음 지었다.

●

'타격은 타이밍이고, 피칭은 그 타이밍을 뺏는 것이다.'

라이브 볼 시대 최다승 투수, 워렌 스판이 남긴 한마디는 수십 년이 흐른 지금까지도 투수들의 금언(金言)이 되어 왔다.

그리고 그 말을 가장 잘 증명하는 구종이 바로.

이퓨스.

사실 구종이라고 부를 수도 없는 배팅 볼이지만, 100마일의 패스트볼에 타이밍을 맞춰 놓았던 알렉스 로드리게스로서는 절대로 칠 수 없는 공.

그러나 그것은 시작에 불과할 뿐이었으니.

'내가 너무 흥분했다.'

처음에는 정말 머리든 팔이든 허리든 어딘가를 분질러 주려고 했었다.

1~2번도 아니고, 지속적으로 금지 약물을 처먹고서도 뻔뻔스레 해설자로 얼굴을 들이밀, 양키스의 레전드랍시고 거들먹거릴 철면피에게 응징이란 걸 해 주고 싶었으니까.

데릭 지터에게 보험을 들어 둔 것도 그런 이유에서였고.

하지만 김신은 마지막 순간 손끝을 틀었다.

지금 그가 A-rod를 응징할 수는 있다.

그러나 그것은 그의 미래와 양키스라는 구단의 미래를 단번에 밑바닥으로 거꾸러뜨리는 행위다.

김신은 무거운 징계를 받게 될 뿐만 아니라 양키스라는 팀의 신뢰를 아주 오랜 기간…… 아니, 어쩌면 영영 잃어버릴지도 모르는 데다가.

3루수 겸 지명타자로 조금이나마 팀에 도움이 돼야 할 알렉스 로드리게스는 DL(Disabled List : 부상자 명단)에 이름을 올린 채 불로소득을 수령할 테니까.

거기에 양키스의 초반 분위기와 팀워크도 멀쩡할 리 만무한 일.

그래서야 본말전도(本末顚倒)가 아니겠는가.

그러나.

'처절하게 느끼게 해 주지.'

굳이 '직접적'으로 응징하지 않더라도, 얼마든지 방법은 있다.

그의 능력을 보여 주면서 역겨운 철면피에게도 한 방 먹일 수 있는 더 좋은 방법이.

'내 양키스에 더 이상 네놈 자리는 없다는 것을.'

원아웃, 초구.

한층 기어를 올린 김신의 육체가 약동했다.

뻐엉-!

"스트라이크!"

저 먼 바깥쪽에서 휘어져 들어와 스트라이크존을 파고드는 백도어 슬라이더.

부우웅-!

"스트라이크!"

2미터가 훌쩍 넘는 높이에서 지면으로 곤두박질치는 커브.

뻐엉-!

"아웃!"

존 구석구석을 찌르는 칼날 같은 속구.

"……."

시종일관 압도적인 모습으로 A-rod를 농락하는 김신의 쇼케이스에, 그것을 지켜보던 양키스 선수단은 침묵에 빠져들었다.

'나라면 칠 수 있을까?'

'100마일의 파이어볼, 고속 슬라이더, 낙차 큰 커브라고? 이게 말이 돼?'

루키라고는 믿을 수 없는 절정의 브레이킹 볼과 강력한 구위의 패스트볼.

야수들은 데릭 지터와 알렉스 로드리게스의 자리에 자신을 세워 두고 장고에 빠졌으며.

'미친, 저런 새끼가 왜 이 타이밍에 갑자기……!'

'세상 참 불공평하네.'

'보직이 뭐지? 선발? 불펜?'

제구가 되는 100마일의 강속구를 볼 때부터 점차 말이 없어지던 마이너 투수들은 속으로 한탄을 흘렸고, 메이저 투수들 또한 신중한 기색으로 이런저런 자리 계산에 들어갔다.

"아웃!"

마침내 선수단의 침묵 위로 마지막 아웃 콜이 떨어지며 라이브 피칭이 종료되었을 때.

'세상이 뒤집어지겠군.'

망연자실한 알렉스 로드리게스의 등 뒤로, 김신의 목표는 완벽히 달성되어 있었다.

양키스 관계자 모두에게 김신이라는 이름이 강렬히 각인된, 스프링캠프 첫날의 일이었다.

◉

스프링캠프.

정규 시즌이 시작되기 전, 미리 선수들을 모아 몸을 만들고 팀 훈련을 실시하여 우승 확률을 높이기 위한 전지훈련.

KBO를 포함한 대다수 리그의 경우, 이러한 스프링캠프의 정의는 틀리지 않는다.

하나.

메이저리그의 스프링캠프를 KBO의 그것과 비슷하다고 생각하면 큰 오산이다.

같이 몸을 만들고, 팀 훈련을 통해 팀워크를 가다듬는 전지훈련이라는 개념이 절대 아닌 것이다.

몸? 메이저리거라면 당연히 알아서 만들어 와야 하는 것.

팀 훈련? 일주일 정도면 충분히 맞아 돌아가는 것.

매년 수백만 달러를 받고, 전세기를 통해 전미를 이동하고, 단 한 경기의 출장만으로도 연금까지 확보되는 메이저리거란 그런 것이다.

그럼 메이저리그 스프링캠프의 의미는 무엇이냐.

단 한 단어로 논할 수 있다.

바로 시범 경기.

메이저리그에서는 간단한 소집 및 팀 훈련이 끝나면 곧바로 시범 경기가 시작된다.

올라가고자 하는 자는 기를 쓰고 스스로를 증명해야 하는 기간.

이미 자신의 위치를 확고히 한 자는 4월부터 시작될 기나긴 시즌 플랜을 정비하는 기간.

어쨌든 스프링캠프의 중심이 시범 '경기'라는 뜻은.

똑똑똑.

"누구십니까?"

"킴입니다, 감독님."

팀의 주목을 받고 있는 유망주에게는 곧 기회가 온다는 뜻이기도 하다.

"오! 어서 들어오게!"

그리고 김신은 현재 양키스에서 가장 주목받고 있는 유망주.

환영 어린 목소리를 들으며, 김신은 문고리를 돌렸다.

"안녕하십니까, 감독님."

"그래, 거기 앉게."

김신이 안내에 따라 자리에 앉자마자 준비해 두었다는 듯 커피 두 잔을 든 흰머리를 짧게 친 날카로운 인상의 노인이 그 앞에 앉았다.

양키스라는 배의 선장, 조 지라디 감독.

코어4로 이름 높은 포수, 호르헤 포사다의 멘토였으며.

2007년부터 2017년까지 양키스의 감독 자리를 굳건히 지킨 남자.

양키스의 우승에 대한 염원으로 등번호를 두 번이나 바꾼 남자가.

탁-!

별거 아니라는 듯 커피를 내려놓으며 조 지라디 감독이 운을 뗐다.

"커피 마시나?"

"예, 좋아합니다."

"그렇다니 다행이군."

후릅, 하고 뜨거운 커피를 한 모금 넘기며 김신의 신색을 훑어 내리던 조 지라디 감독.

그는 일말의 불안도 담겨 있지 않은 담담한 태도를 보이는 김신의 모습에 속으로 헛웃음을 지었다.

'당연하다는 건가? 거참…… 처음부터 느꼈지만 루키답지 않은 루키구먼.'

시범 경기에 앞서 감독이 신인 선수를 감독실로 부를 이유.

그것에는 두 가지 경우의 수가 있다.

짐을 싸 마이너로 내려가라는 명령, 아니면 곧 있을 출전을 위한 컨디션을 조절하라는 당부.

물론 김신이 보여 준 것들을 생각하면 당연히 컨디션 조절을 당부하리라는 걸 쉽게 예상할 수 있지만, 일단 감독이 부르면 신인 선수는 긴장하게 마련이다.

혹시? 정말 혹시지만 내가 내려가는 건 아닐까? 하는 일말의 불안감을 가질 수밖에 없는 게 인간이라는 동물이니까.

아무리 자신의 능력에 대한 강한 확신을 가진 선수라도, 루키 시절, 그것도 첫 스프링캠프에서는 조금이라도 긴장이란 걸 한다.

후릅-!

그러나 천천히 커피를 목 너머로 넘기는 김신은 단언컨대 한 톨의 불안도, 긴장도 느끼지 않고 있다.

'허허, 그래. 애초에 남들과는 다른 특별함을 기대하고 있는 선수니까.'

조 지라디 감독은 탐색을 마치고 입을 열었다.

"내일 모레 있을 보스턴과의 경기, 준비하고 있게. 중간 계투로 들어갈 거야."

"알겠습니다."

"……."

"……."

"더 하실 말씀 있으십니까?"

"아닐세. 나가 보게."

"쉬십시오, 감독님."

탁―!

응당 그래야만 하는 일이라는 듯 일말의 기쁨도 표하지 않은 김신이 사라진 뒤.

"흐음……."

조 지라디 감독은 앉은자리에서 자신의 집무 책상 의자에 걸쳐져 있는 유니폼을 뚫어지게 바라보았다.

28.

뉴욕 양키스의 28번째 우승을 염원하는 그 숫자를.

"곧 등번호를 바꿔야 할지도 모르겠군."

누군가가 그 숫자를 다시 한번 바꿔 주기를 소망하며.

달칵-!

조용히 감독실 문을 닫고 나온 김신은 잠시간 어둠 속에서 자신의 커다란 양손바닥을 바라보았다.

'이제 시작인가.'

캐시먼이 선사했던 스프링캠프 초청권이 메이저리그 시범 경기 출전권으로 변화한 순간.

김신이 조 지라디 감독 앞에서 느낀 것은 불안과 긴장이 아니라 다른 감정이었다.

그 감정으로 맥동하는 심장의 혈류를 느끼며, 김신은 제 손을 꽈악 움켜쥐었다.

'기다려라.'

선명하게 느껴지는 마운드의 향기를 그리며.

저벅- 저벅-!

무거운 발걸음이 감독실 앞에서 멀어져 갔다.

메이저리그의 시범 경기는 두 가지 리그로 나뉜다.

뉴욕 양키스, 보스턴 레드삭스로 대표되는 플로리다의 그 레이프프루트(Grapefruit: 자몽) 리그와.

LA 다저스, 샌프란시스코 자이언츠로 대표되는 애리조나의 캑터스(Cactus: 선인장) 리그.

길나긴 겨울이 끝나고, 각 지역 특산물의 이름을 딴 시범경기 리그들의 개막 소식이 들려오면.

난로 앞에 앉아 팀의 행보를 바라보며 다음 시즌을 기대하던 골수 야구팬들의 엉덩이는 참을 수 없는 기쁨에 들썩인다.

그리고 그중 대부분은 결국 엉덩이를 들어 공항으로 향하게 되니.

"여전히 아름다운 곳이야."

이번 해에도 플로리다를 찾은 남자, 데이비드 콘돌은 따사로이 내리쬐는 태양빛에 기분 좋은 미소를 지었다.

"아차, 내가 이럴 때가 아니지."

잠시 광합성을 즐기던 데이비드 콘돌은 만면에 짓궂은 미소를 띠며 핸드폰을 꺼내 정신없이 화면을 터치했다.

　

ㅡ도착. 플로리다는 여전히 쾌청.

　

메시지와 함께 금방 찍은 사진까지 전송하자 마치 그것만을 기다렸다는 듯 올라오는 채팅 창.

　

ㅡ하…… 부럽다…….

ㅡ누구는 플로리다에서 햇볕을 즐기고 있는데 누구는 차고에서

이게 뭐냐.

하이스쿨 때부터 야구를, 특히 뉴욕 양키스를 좋아한다는
것 하나로 친해진 세 친구.

15년이라는 긴 세월 동안 외모도, 처지도 많이들 변했지만
언제나 3월에는 플로리다에서 양키스의 새로운 시작을 함께
지켜봤는데.

공교롭게도 그중 둘이 작년에 결혼을 하게 되어, 이번 해
에는 처음으로 혼자만 플로리다에 오게 된 것이었다.

　－그렇게 결혼은 남자의 무덤이라니까.

그 짧은 사이에 일이 생긴 건지, 사라지지 않는 숫자를 바
라보던 콘돌은 씁쓸하게 웃고는 핸드폰을 뒷주머니에 집어
넣었다.

육아와 가사에 바쁜 친구들을 놀리긴 하지만, 그리고 왜
인생을 함께할 동반자를 만나고 싶지 않겠는가.

어느새 벗겨진 머리와 툭 튀어나온 아랫배를 침울하게 어루
만지던 콘돌은, 이내 고개를 흔들고 다시금 열의를 불태웠다.

애타게 기다리는 친구들에게 전해 줘야 하는 소식이 있었
으니까.

"김신, 나오기만 해 봐라."

지난겨울, 갑작스럽게 터져 나온 신인 선수의 계약.

하지만 그 대상이 전적조차 없는 생초짜라는 것이 밝혀지자, 양키스 팬 커뮤니티가 불타올랐다.

　　-드디어 프런트가 미쳤구나? 경기 경험이 없다고?
　　-미친;
　　-차라리 팍을 다시 데려와!
　　-팍이 누군데?
　　-작년인가 재작년에 방출한 한국인 있어.
　　-방출한 애를 왜 데려오냐?
　　-그래도 얘보단 낫지.
　　-야알못 인증이네. 메이저 100승 한 투수를 몰라?

누구에게도 지지 않을 양키스 골수팬인 세 친구는 펍에 모여서 겨울 내내 프런트를 씹어 댔던 것이다.

물론 이후 이어진 마이클 피네다, 구로다 히로키 등의 이적 계약이나, 레전드 앤디 페티트의 복귀 선언 등 호재도 많았지만, 그것만으로 김신이라는 존재를 잊기에는 그들이 야구에 쏟는 시간과 열정이 너무 컸다.

"도대체 왜 정보 공개를 안 하는 거야?"

심지어 응당 제공해야 할 선수에 대한 정보도 프런트에서 통제하는지 모두 베일에 싸인 상황.

방법은 직접 눈으로 확인하는 것밖에 없었다.

"택시!"

정확한 자료 확보를 위해 주렁주렁 가방을 멘 골수팬의 발걸음이 전설적인 전 구단주의 이름을 딴 경기장으로 향했다.

"조지 M. 스타인브레너 필드요!"

조지 M. 스타인브레너.

1973년 뉴욕 양키스를 인수한 이래, 메이저리그뿐만 아니라 미국 프로 스포츠 역사에 길이 남을 악의 제국을 세운 남자.

그의 신념과 사고방식은 그가 남긴 두 문장 안에서 명확히 확인할 수 있다.

–내게 승리는 숨 쉬는 것 다음으로 중요하다. 숨 쉬고 있다면 승리해야 한다.

–나는 지는 게 싫다. 정말 죽도록 싫다.

그야말로 승부욕의 화신과 같았던 남자.

양키스의 2009년 마지막 우승까지 똑똑히 바라보고 2010년 심장마비로 세상을 떠난 거인.

그의 이름을 딴 양키스의 시범 경기장.

처음이라기엔 믿을 수 없을 만큼 익숙한 남자가 로커 룸에 눈을 감은 채 앉아 있었다.

그 남자에게서는 누가 봐도 '나한테 말 걸지 마.' 하는 기세가 풀풀 풍겼고, 굳이 그것을 떠나서도 경기 전 집중하고 있는 투수에게 말을 걸지 않는 것은 메이저리그의 당연한 불문율이었으나…….

"이봐, 킴. 오늘 첫 출전이라며?"

넉넉한 살집을 가진 후덕한 체구의 털북숭이 남자는 그런 건 개나 줘 버리라는 듯 거침없이 그에게 접근해 옆자리에 털썩 앉았다.

그에 눈을 뜬 김신은 익숙하다는 듯 그 동글동글한 남자의 이름을 입에 담았다.

"아, 체임벌린 씨."

조바 체임벌린.

데뷔 초반 제2의 로켓맨, 로저 클레멘스로 기대받으며 양키스에서 그를 보호하기 위한 조바 룰까지 만들게 할 정도의 유망주였으나.

거짓말같이 2년 차부터 쓰디쓴 추락을 경험한 후 이제는 선발조차 서지 못하는 남자.

하지만 그러고도 넉살 좋게 웃으며 불펜 투수로서 제 역할을 해 주고 있는 강철 멘탈의 선수.

"그놈의 미스터는……. 그냥 편하게 부르라니까? 팍이 이르길, 한국은 선후배 문화가 강하다며. 나 네 선배랑 친구야! 밥도 같이 먹고, 목욕탕도 가고. 다 했어!"

그 조바 체임벌린은 2010년 양키스에서 방출당했던 한국의 레전드, 박천후와 친한 사이였던 덕분인지, 김신에게 거침없는 친근감을 발휘하고 있는 중이었다.

'천후 선배가 그렇게 말이 많다던데…… 그래서 친해졌나?'

김신은 파투가 나 버린 이미지 트레이닝에 속으로 한숨을 내쉬고는 어쩔 수 없이 이 수더분한 선배의 수다에 어울려 주었다.

"선후배 문화가 강한 만큼, 더욱 편히 대할 수 없는 거 아니겠습니까?"

"아, 그런가?"

"그렇습니다."

"뭐, 그럼 됐고. 그게 중요한 건 아니니까. 자, 여기 우리 아들 좀 봐. 경기 전엔 이런 걸 봐 줘야 한다고."

핸드폰을 가까이 들이밀며 어린 남자아이의 사진을 보여 주는 조바 체임벌린.

본인이 불우한 가정환경을 딛고 일어났기 때문인지 그야말로 팔불출의 모습을 적나라하게 보여 주는 광경이었으나.

"예, 정말 귀엽네요."

"그치? 내가 얘 때문에 산다니까."

조바 체임벌린은 메이저리그 개막 일주일 전, 사랑하는 아들과 놀아 주다가 발목이 돌아가는 큰 부상을 당하게 될 운명이었다.

미래에는 그런 일도 있구나, 하며 웃고 넘어갈 에피소드였지만 지금 김신에게는 현실로 닥칠 일.

"아무리 그래도 트램펄린 같은 건 타지 마세요."

"응?"

"그거 위험하다더라고요. 혹시 다칠 수도 있으니까 조심하세요."

"오, 걱정해 주는 거야? 고마워!"

"……."

대수롭지 않게 자신의 조언을 한 귀로 흘리는 조바 체임벌린을 바라보며 김신은 기원했다.

'제발 다치지 마라.'

물론 조바 체임벌린을 시작으로 줄줄이 부상을 겪게 되는 양키스 투수진의 미래를 바꾸고 싶은 생각도 있었으나.

'그런 건 내가 다 씹어 먹으면 돼. 문제는…….'

주된 이유는 지금도 로커 룸 한편에서 그를 바라보고 있는, 구역질나는 누군가의 접근을 차단해 줄 존재가 필요했기 때문이다.

"후우……."

"이것도 볼래?"

"예, 귀엽네요. 근데 이제 저 경기 준비 좀 하면 안 되겠습니까?"

"에이, 엄살은……! 그때처럼만 던지면 충분하잖아? 시범 경기 같은 거 하나도 신경 안 쓰는 거 잘 알거든?"

"하하…….."

로커 룸을 울리는 체임벌린의 말소리와 함께 시간은 쏜살같이 흘렀고.

"와아아아아아아아—!"

경기장에 어둠이 내려앉았을 때.

뉴욕에서 날아온 한 양키스의 골수팬은 자신도 모르게 소리쳤다.

"오! 마이! 갓!"

◉

보스턴 레드삭스.

양키스를 가장 많이 만난 팀이며, 양키스에게 가장 많이 패배한 팀.

베이브 루스, 로저 클레멘스 등 에이스를 빼앗긴 것도 모자라 밤비노의 저주가 지속되는 86년간 수도 없는 좌절을 겪은 팀.

레드삭스 팬은 두 팀만 응원한다. 보스턴, 그리고 양키스와 경기하는 팀.

이런 말이 있을 정도로 양키스에 대한 적의, 아니, 악의를 불태우는 팀.

그러나 테오 엡스타인이라는 걸출한 단장이 부임한 뒤, 2004년과 2007년에 월드시리즈를 제패했고.

21세기에는 완전히 양키스를 압도하는 팀.

김신의 첫 상대는 바로 그런 팀이었다.

[웰컴 투 메이저리그! 안녕하십니까, 시청자 여러분! 오늘은 양키스 대 레드삭스, 레드삭스 대 양키스의 경기로 찾아뵀습니다. 오늘 경기, 어떻게 보십니까?]

[아무리 양키스와 레드삭스라도 시범 경기이니만큼 혈전까진 안 가겠다……라는 생각이 전혀…… '안' 드네요!]

[하하, 그렇죠. 라인업만 봐도 두 팀이 어떤 생각으로 경기에 임하는지 여기까지 전해지네요. 그럼 라인업부터 확인하시겠습니다!]

메이저리그 개막전이라고 해도 믿을 법한 완벽한 주전 라인업을 들고 나온 양 팀.

스타팅 라인업을 확인하고 로스터를 훑어보던 캐스터의 눈에 특이한 이름이 들어왔다.

[킴? 신 킴이란 선수가 있네요?]

[아, 지난겨울 국제 유망주 계약으로 양키스에 입단한 투수입니다. 150만 달러를 받았죠. 다저스에서 뛰던 팍과 같은 한국인입니다.]

[오, 기대해 볼 만한 선수라는 뜻인가요?]

[어…… 사실 그렇다고 하기가 좀 애매한 게…….]

해설 위원이 진땀 흘리며 말을 흐렸다.

"뭐? 경기 전적이 없어?"

"프런트가 돌아 버렸나? 아님 돈이라도 먹은 거야?"

방송을 듣던 사람들이 인터넷과 마찬가지로 붉게 달아오를 무렵.

'보스턴…….'

김신은 불펜에 앉아 상대 팀 더그아웃을 응시하고 있었다.

지금의 양키스 선수단이나 팬들은 보스턴을 그저 한 수 아래의 호구 정도로 바라보고 있다.

라이벌리라고는 해도 보스턴 쪽이 극렬히 반응하는 것일 뿐, 양키스 쪽에서는 흥행을 위해 어울려 준다는 느낌이 강하다.

27 : 7.

우승 전적에서부터 상대가 되지 않았다.

더 최근인 2009년에 우승한 팀도 양키스니까.

하지만 김신만큼은 마음가짐이 달랐다.

그가 돌아온 시대에, 양키스는 2009년 이후 30년 동안 우승하지 못했지만 레드삭스는 그렇지 않았으니까.

양키스가 망가진 왕관을 부여잡고 고군분투하는 동안, 레드삭스는 그 왕좌를 차지하고 있던 팀이었으니까.

1회 초.

[경기 시작합니다!]

선발 투수 앤디 페티트의 투구와 함께 경기가 시작되는 순간.

김신은 눈을 감았다.

뻐엉-!

[삼진! 돌아온 앤디 페티트! 여전한 구위를 뽐냅니다!]

삼진을 잡는 강렬한 포구음.

따악-!

[좌중간 큽니다! 큽니다! 홈─런! 데이비드 오티즈! 솔로 포로 시범 경기 첫 홈런을 장식합니다!]

타구를 쪼개 버릴 듯한 굉음과.

"와아아아아아-!"

환희에 차 터져 나오는 관중의 환호성.

고대하고 또 고대해 왔던, 그라운드의 소리와.

선수들의 몸에서 묻어 나오는 흙냄새.

'나는 돌아왔다.'

김신이 그 모두를 온몸으로 받아들이며 조용히 발톱을 갈고 있을 찰나.

"킴, 준비해."

사자가 초원으로 뛰쳐나갈 시간이 도래했다.

천적(天敵).

정해진 운명처럼 패배와 죽음이 확정돼 있는 대적(大敵).

생태계를 보존하는 위대한 자연의 섭리 중 하나를 이르는 말.

자연에서와 같이, 야구라는 생태계 안에서도 천적이란 건 존재하니.

비록 죽어 없어지지는 않을지언정 마치 운명같이 이해할 수 없는 결과가 나오는 관계를 일컫는다.

2020년대 양키스를 이끌었던 에이스 게릿 콜은 한국에서 날아온 템파베이의 흔한 타자에게 6할이 넘는 타율로 두들겨 맞았고.

야구의 신이라고 불리는 베이브 루스도 평범한 투수 에드 웰스를 상대로는 2할을 간신히 넘겼을 뿐이다.

그렇다면 그런 천적 관계는 어떻게 형성되는가.

아무도 모르는 상대방의 쿠세(습관)를 알고 있을 수도 있고.

미묘한 타격 메커니즘이 맞아떨어지는 것일 수도 있다.

그것도 아니라면 빌어먹을 승리의 여신이 누군가를 편애하는 것일 수도 있겠지.

수많은 이유가 있을 테지만, 그 이유들 중에서 단 한 가지.

모든 사람들이 고개를 끄덕일 만한 이유가 존재한다.

정신적 패배.

트라우마, 징크스, 외상 후 스트레스 장애(PTSD), 또는 플라세보효과. 뭘로 불리더라도 상관없다.

그것은 실재한다.

메이저리거란 홈런을 친 타자의 글러브를 조각 내 속옷 속에 넣고 자신도 홈런을 치길 바라는 머저리들이고.

한 경기 4삼진을 당한 타자와는 한동안 샴푸 한 방울도 나누지 않는 멍청이들이니까.

전통적인 라이벌, 뉴욕 양키스와 보스턴 레드삭스의 자존심을 건 시범 경기.

6회 초. 양키스가 3 대 2, 한 끗 차이로 앞서고 있던 순간.

무사 1, 2루의 위기에.

훤칠한 키의 동양인이 불펜에서 뛰쳐나왔다.

보스턴 레드삭스의 트라우마가 되기를 소원(所願)하는 남자가.

[투수 교체입니다! 킴! 이 선수가 나오는군요!]

그 당당한 출전에, 한쪽 귀에 이어폰을 끼고 해설을 듣고 있던 데이비드 콘돌은 황급히 보스턴의 리드오프를 찍고 있던 카메라를 돌렸다.

그러자 그 화면에 92번이라는 등번호와 함께 오른손에 글러브를 낀 젊은 동양인이 비쳤다.

기다리던 순간이었지만 콘돌은 당황을 숨기지 못했다.

"이런 상황에 루키를 내보낸다고?"

그리고 그것은 해설자들도 다르지 않았는지 데이비드 콘돌이 끼고 있는 이어폰에서도 같은 의문이 흘러나왔다.

[3 대 2, 단 1점 차. 무사 1, 2루. 이번 경기 최대 승부처라고 해도 과언이 아닌 지금, 루키를 마운드에 세운 조 지라디 감독은 무슨 생각일까요? 시범 경기의 본목적을 따르려는 걸까요?]

[그럴 수도 있지만…… 제 생각은 다릅니다. 어쩌면 조 지라디 감독은 킴이라는 신인 투수를 믿고 있는 걸지도 모릅니다.]

[킴을 믿는다고요?]

[한 점 차로 앞선 상황에서 무사 1, 2루. 아주 터프한 상황입니다만, 반대로 말하면 이번 상황을 잘 넘기면 양키스 쪽으로 승기가 넘어갈 확률이 높습니다.]

[그렇죠.]

[시범 경기라곤 하지만 두 팀의 자존심이 걸린 대결인데, 조 지라디 감독 같은 노련한 감독이 이런 수를 두는 데엔 이유가 있다는 생각입니다. 사실 이상할 정도로 킴 선수의 정보를 통제하기도 했거든요?]

[그 이유가 킴 선수가 정말 대단한 가능성을 지닌 선수이기 때문이다……라는 말씀이신가요?]

[확실하진 않지만 그럴 수도 있다는 말입니다.]

해설자의 코멘트에 데이비드 콘돌의 마음속에도 한 가닥 기대가 피어올랐다.

어쩌면 김신이라는 선수가 정말 대단한 투수의 재목이지

않을까.

그래, 우리 프런트가 머저리도 아닌데 150만 달러를 그냥 던질 리가 없지.

누구보다 양키스라는 팀을 사랑하는 남자의 손에 땀이 배어 나오는 순간.

[말씀드리는 순간, 경기 재개합니다!]

김신이 다리를 치켜 올렸다.

자코비 엘스버리, 더스틴 페드로이아, 아드리안 곤잘레스, 케빈 유킬리스, 데이비드 오티즈로 이어지는 막강한 보스턴의 상위 타선.

그 상위 타선을 이끄는 첨병, 자코비 엘스버리를 눈앞에 둔 채 김신은 조용히 고개를 숙인 채 손안의 공을 굴렸다.

"쫄아서 고개도 못 드냐!"

"이봐! 자는 거 아니지!"

관중의 야유도, 그에게로 꽂혀 드는 양 팀 선수들의 시선도 그를 흔들 수는 없었다.

자신만의 루틴을 확고히 지킨 뒤, 그가 고개를 들었을 때.

'새끼, 눈빛 하나는 마음에 드네.'

2011년 커리어 하이를 찍은 리그 최고의 리드오프, 자코비 엘스버리는 고개를 주억거렸다.

하지만 그것뿐이다.

눈빛만 좋으면 어쩔 건가.

마운드에 선 투수는 솜털도 채 가시지 않은 애송이고, 그는 리그 최고의 리드오프인데.

'와라. 메이저리그가 어떤 곳인지 알려 주마.'

자코비 엘스버리는 미미한 미소를 띤 채 타격 자세를 잡았다.

웰컴 투 메이저리그라는 명대사를 건방진 눈빛을 한 루키에게 전해 주기 위해.

그리고 날아든 초구.

뻐엉-!

'응?'

그가 할 수 있는 일은, 고작 미세하게 움찔하는 것뿐이었다.

"스트라이크!"

심판의 콜에 황급히 바라본 전광판.

그곳에 찍혀 있는 숫자는…….

'100마일이라고? 시범 경기에서 초구가?'

그러나 생각하고 있을 틈이 없었다. 마운드의 투수가 순식간에 투구 동작에 돌입하기 시작했으니까.

한가운데로 날아드는 속구.

자코비 엘스버리는 이를 악물고 배트를 휘둘렀다.

따악-!

"파울!"

순식간에 0-2로 몰린 볼카운트.

엘스버리는 타임을 외친 뒤, 한 걸음 물러나 배팅 장갑을 동여맸다.

'100마일을 던지는 좌완 파이어볼러라니, 어디서 이런 걸 주워 왔지?'

두어 번의 연습 스윙으로 타이밍을 맞춘 뒤 다시 배터 박스에 들어간 자코비 엘스버리.

'일단은 커팅하면서 버틴다.'

방망이를 짧게 잡은 그의 머릿속에서 '웰컴 투 메이저리그'는 이미 사라진 지 오래.

리그 최고의 리드오프가 만반의 준비를 갖춘 채 타격 자세를 취했다.

하지만.

부우우웅-!

"스트라이크! 아웃!"

한가운데에서 바깥쪽으로 도망가는 94마일의 고속 슬라이더 앞에 그는 무릎 꿇을 수밖에 없었다.

'미친……'

삼구 삼진.

리드오프로서는 최악의 수모 중에 하나.

자코비 엘스버리는 고개를 떨군 채 더그아웃으로 향했다.

그런 그의 모습을, 김신은 당연하다는 듯 바라보았다.

'잘 가라, 먹튀.'

지금은 보스턴 레드삭스에서 뛰고 있지만, 자코비 엘스버리는 2014년 뉴욕 양키스로 이적.

그 후 역사상 최악의 FA란 소리를 들으며 고액의 연봉을 불로소득으로 획득하게 되는 최악의 '먹튀' 선수가 된다.

2년간 단 한 경기도 뛰지 않고 4,228만 달러를 받았으니, 더 이상 말해 무엇 하랴.

최단 시간 내에 팀의 중심 선수가 되어 양키스의 암흑기 자체를 바꿔 버릴 각오를 다지며, 김신은 다음 타자에게 시선을 던졌다.

[나우 배팅, 넘버 15! 더스틴 페드로이아!]

"우와아아아아—!"

"양키 놈들한테 한 방 먹여 줘!"

보스턴 팬들의 열화와 같은 환대를 받으며 배터 박스에 들어서는 선수에게.

더스틴 페드로이아(Dustin Pedroia).

뉴욕 양키스에 데릭 지터가 있다면, 보스턴 레드삭스에는 더스틴 페드로이아가 있다.

머지않은 미래, 찬사를 듣게 될 보스턴 레드삭스의 전설.

2006년부터 2025년까지 오직 보스턴에서 뛰었으며, 보스턴의 황금기를 만든 캡틴.

방금 전 그의 투구에 놀랐는지, 긴장한 표정으로 타격 자세를 취하는 미래의 대적자에게 김신은 살며시 미소를 지어 주었다.

'초장부터 눌러 주마.'

미래엔 몰라도, 적어도 오늘은 이 구장 안에 그를 막을 존재란 없었으니까.

'몸도 안 올라온 놈들 상대로 두들겨 맞으면 사이 영 반납해야지.'

이제는 사라져 버린 미래의 사이 영을 판돈에 건 채.

김신의 왼손이 채찍처럼 휘둘러졌다.

그에 맞선 보스턴의 전설적인 캡틴은 이를 악문 채 힘껏 방망이를 돌렸지만.

부우웅—!

"스트라이크!"

김신의 공은 한참이나 위에 꽂혀 버렸다.

'라이징?'

더스틴 페드로이아는 당황을 금치 못했다.

아무리 전 타석 100마일을 던지는 걸 봤다지만, 듣도 보도 못한 루키의 손에서 라이징 패스트볼이 날아올 거라고는 상상도 못한 것이다.

하지만 올해 나이 29세.

강건한 신체 위에 6년간의 경험이 얹어진 골든크로스 (Golden Cross), 최전성기를 지나고 있는 타자는 금세 당황을 가라앉히고 배트를 곧추세웠다.

다만.

부우웅—!

"스트라이크!"

그보다 더 강건하고, 더 노련한 투수의 공을…….

'네가 그럴 줄 알았지.'

아직 채 올라오지 않은 몸 상태로 치기는 역부족이었을 뿐.

지칠 줄 모르는 신체 위에 미래의 경험을 끌어 와 골든크로스를 이룬, 시대의 절대자가 될 남자.

앞으로도 더스틴 페드로이아의 앞길을 주구장창 막아설, 승리의 신에게 편애를 받는 회귀자.

그럼에도 여전히 더한 관심을 갈구하는 남자, 김신의 포심 패스트볼이 더스틴 페드로이아의 배트 아래로 파고들었다.

노 볼 투 스트라이크.

절대적으로 투수에게 유리한 볼카운트, 타석에는 예상치 못한 상황에 긴장한 타자.

'이건 뭐, 쉽지.'

슈욱—!

"스트라이크! 아웃!"

김신의 손에서 쏟아져 나온 커브가 세 번째로 더스틴 페드로이아의 방망이를 농락했다.

'한 번으로 되지는 않겠지만⋯⋯.'

한 번이 안 되면 두 번, 두 번이 안 되면 세 번.

같은 아메리칸리그 동부 지구 선수인 그에게 패배 의식을 심어 줄 기회는 아직 많고도 많았다.

김신은 고개를 절레절레 흔들며 더그아웃으로 사라지는 더스틴 페드로이아를 일별하고, 새로 등장한 3번 타자를 바라보았다.

아드리안 곤잘레스.

바로 직전인 2011시즌, 34/5의 아름다운 슬래시 라인과 0.957이라는 준수한 OPS, 6.1이라는 리그 최고 수준의 WAR을 기록.

골든 글로브와 실버 슬러거를 싹쓸이한 보스턴 클린업 트리오의 시작.

그러나 2012시즌, 굴욕적인 웨이버를 시작으로 서서히 저물어 갈 그저 그런 메이저리거.

은퇴 이후 울분에 차 양키스라는 구단의 역사를 하루 종일 파헤치던 김신의 머릿속에도 남아 있지 않은 타자.

"후읍―!"

뻐엉― 뻐엉― 뻐엉―!

그런 타자를 상대로, 김신에게 필요한 것은 단 3구뿐이었고.

[Good morning, Good afternoon, and Good night!]

"우와아아아아아-!"

"너 이 새끼, 어디 있다 나타났냐!"

"킴! 킴! 킴! 킴!"

관중은 자리에서 일어나 새로운 스타의 등장을 욕설 섞인 환호로 반겼다.

그도 그럴 것이.

1번 타자 자코비 엘스버리, 3구.

2번 타자 더스틴 페드로이아, 3구.

3번 타자 아드리안 곤잘레스, 3구.

김신이 한 이닝을, 보스턴의 막강한 상위 타순을 먹어치우는 데 사용한 공은…….

[압도적입니다! 양키스의 비밀 병기가 보스턴의 심장에 비수를 꽂아 넣는군요! 이 선수는, 백넘버 92! 신 킴입니다!]

단 9개였으니까.

"오! 마이! 갓!"

카메라를 들고 관중 속에 섞여 있던 데이비드 콘돌의 입이 벌어지고.

며칠 전, 양키스 선수단이 느꼈던 충격이.

이제는 고스란히 뉴욕 양키스의 팬들…… 아니, 메이저리그 전 구단의 팬들을 강타했다.

투수가 하나의 이닝을 아주 적은 수의 공으로 끝내는 일은 심심치 않게 벌어진다.

타자가 초구를 잘못 건드려 플라이아웃이 될 수도 있고.

내야수들의 호수비를 바탕으로 더블플레이나 트리플플레이가 펼쳐질 수도 있다.

하지만 한 이닝, 세 명의 타자를 모조리 삼진으로.

그것도 3구 삼진만으로 끝내는 경우는 정말 드물다.

그리하여 붙은 명칭, 무결점 이닝(Immaculate Inning).

다른 말로는 9구 3삼진이라고도 부르는, 몇몇 특이한 시즌을 제외하면 한 시즌에 3번 이상 나오지 않는 기록.

2010년에는 현재 양키스의 불펜 투수인 라파엘 소리아노가 템파베이 소속으로 단 1번.

2011년에는 조금 더 나와 겨우 2번 나온 그 기록을, 듣도 보도 못한 루키 투수가 달성한 것이다.

겨울 내내 발을 동동 구르며 기다린, 공 하나에 일희일비하는 야구팬과 기자들이 가만있을 리는 만무한 일.

〈나에게 필요한 것은 9구뿐! 김신, 압도적인 피칭!〉

〈뉴욕 양키스 투수 김신! 무결점 이닝 위업!〉
〈양키스는 역시 양키스다! 캐시먼의 이유 있는 선택!〉

김신의 첫 출전이 끝난 뒤.
한국과 미국의 커뮤니티가 동시에 불타올랐다.
기사로 이 소식을 처음 접한 사람들은 반신반의했지만.

킴 vs 보스턴 레드삭스 - DVC80

캐시먼 단장을 욕했던 과거의 나는 머저리다.

누군가가 찍은 동영상이 올라오면서부터 팬들은 김신에 대한 기대를 아낌없이 표출했다.

–개쩐다; 100마일 포심에 94마일짜리 슬라이더. 어후, 커브 각 봐라.

–얘가 겨우 150만? 개싸네. 캐시먼 찬양합니다.

–리베라 후계자야?

–선발 자원 아님?

–선발이어도 좋고, 아니어도 좋다! 사랑해요, 킴!

–근데 벌써부터 저렇게 던지면 시즌 조지는 거 아님?

–WTF.

–제발 부상만 당하지 마라. 제발!

–ROY! ROY!

미국 팬들은 신인왕(ROY: Rookiee Of The Year)을 외치며 오랜만에 등장한 대형 신인을 환영했고.

-주모ㅇㅇㅇㅇㅇ-!
-여기 국뽕 하나 말아 주쇼!
-9구 3삼진 김범헌 이후로 처음 아냐?
-ㄴㄴ 그렇진 않을걸. 메이저가 얼마나 미친 곳인데.
-미쳤다. 메이저 볼 이유가 생겼네.
-한 경기 가지고 호들갑은; 저러다가 사라지는 애가 얼마나 많은데.
-두유노 신 킴?

한국 팬들은 어김없이 주모를 찾으며, 벌써부터 '두유노 클럽'의 가입을 외쳐 댔다.
하지만.
'아직 멀었어.'
이미 수많은 환호를 겪어 봤던 남자는 일말의 미동도 보이지 않았다.
야구는 꼰대들의 스포츠다.
김신이 아무리 시범 경기에서 날아다녔다고 해도, 그것은 시범 경기. 그것도 고작 한 경기일 따름.
다른 투수들이 수년간 쌓아 놓은 커리어를 뛰어넘어 그가 원하는 것을 쟁취하기에는 아직 너무나 부족했다.

또한 지금의 환호성이 얼마나 쉽게 비난과 조롱으로 바뀔 수 있는지, 그는 너무나 잘 알고 있었다.

그래서.

고요한 김신의 눈동자는 오히려 어두운 쪽을 향했다.

"크흑……."

통한의 눈물을 흘리며 짐을 싸 마이너로 내려가는 선수들.

자신을 증명할 기회조차 박탈당한 그들 가운데 섞여 있는 뚱한 표정의 동갑내기를 향해.

'곧 보자고, 캡틴.'

지난 생, 그와 함께 양키스를 지탱했던 어떤 선수가 오늘 마이너로 내려가고 있었다.

그 등을 향해, 김신은 조용히 뇌까렸다.

"올라왔을 때 많이 놀라게 해 줄게. 지난번과는 처지가 많이 다를 거야."

그 선언을 현실로 바꾸기 위해.

뻐엉-!

김신의 손이 허공을 유영했다.

별들의 전쟁인 메이저리그.

그 안에서 한순간 반짝이는 존재들은 모래알처럼 많다.

그리고 보통은 파도에 쉽사리 무너지는 모래성처럼 쉽게 잊혀 사라지게 마련이다.

하나 그럼에도 영원히 잊히지 않는 특별한 반짝거림은 분명히 존재한다.

1956년, 단 하루의 반짝임으로 월드시리즈 퍼펙트게임이라는 메이저 역사에 길이 남을 불후의 기록을 달성한 돈 라슨과.

1985년, 역대 최고의 20세 시즌을 보내며 닥터K라는 용어의 시초가 된 드와이트 구든 같은.

2012년. 김신의 반짝거림은 그러한 징조를 보이고 있었다.

〈김신, 2이닝 무실점 완벽투!〉

〈투수 김신, 3이닝 무실점. 나와, 사바시아!〉

〈김신, 첫 선발 등판에 첫 승 수확!〉

〈양키스 김신, 6이닝 1실점! 시범 경기 방어율 0.75! 사이 영 정조준!〉

뜬금포를 한 대 얻어맞은 걸 제외하면 완벽한 투구로 플로리다의 그레이프프루트 리그를 지배한 것이다.

"으음……."

야구는 분명 꼰대들의 스포츠다.

하지만 그렇다고 그 꼰대들에게 눈이 없다는 말은 아니다.

던지고, 치고, 달리는 놀이를 좋아하는 꼰대들 중 한 사람.

그 놀이에 평생을 바친, 28이라는 번호를 등 뒤에 새긴 남자가 손에 들린 서류를 바라보며 침음을 흘렸다.

요즘 급격히 발달하고 있는 IT 기기?

제대로 만질 줄도 모른다.

오클랜드의 빌리 빈으로부터 시작된 데이터 야구, 세이버 매트릭스?

여전히 머리만 아프다.

하지만 그런 모든 건 정확한 '판단'을 위한 재료일 따름.

수많은 경험으로 단련된 눈 하나만으로도, 양키스의 선장 자리에 있기에 충분한 남자.

아직도 종이 신문을 신뢰하고, 전자 결재가 아닌 서면 보고를 고집하는 노인이 수화기를 들었다.

"18년 만에, 18번째인가."

잠시간의 혼잣말이 울려 퍼진 뒤. 연결된 전화기에서 목소리가 넘어왔다.

-결정하셨습니까?

"예."

짧은 답변에 담긴 고뇌를 느꼈는지 상대방이 조용히 기다리는 동안, 조 지라디 감독은 머칠간을 회상했다.

－죄송합니다. 보스.

－…….

큰 기대를 걸고 데려온 마이클 피네다는 갑작스러운 어깨 통증으로 부상자 명단에 오르고.

－미안하네. 구단의 결정을 이해해 주길 바라네.

－물론입니다. 금방 올라오겠습니다.

은퇴조차 번복하고 돌아온 왕년의 에이스는 좀처럼 경기 감각이 올라오지 않아 마이너로 내려갔다.

그로 인해 구멍이 뚫린 것은 바로 제국의 선봉.

야구라는 경기의 시작을 담당하는 자리.

'이 또한 운명일지도.'

피식 올라가는 입꼬리를 느끼며, 조 지라디는 말했다.

"계약 추진하시죠."

"알겠습니다."

그리고 밀실에서 이루어진 두 남자의 합의는 세상으로 퍼져 나가 거대한 폭풍이 되었다.

〈메이저리거 김신, 양키스 개막전 로스터에 이름 올려!〉

140년의 유구한 메이저리그 역사에서도 단 열일곱 명밖에 없었던, 메이저리그 직행.

1994년 LA 다저스 소속 박천후가 이룩한 뒤로 18년 만에 열여덟 번째 메이저리그 직행 선수가 탄생했다.

〈김신, 마이너 없이 메이저 직행!〉

〈선배 박천후의 길을 따라 걸어!〉

〈메이저리그에 직행한 역대 선수들은?〉

–미쳤다 미쳤어;

–시범 경기 어지간히 잘할 때부터 금방 볼 거 같긴 했는데, 바로 갈 줄은 몰랐네

–두유노 신 킴? 두유노 신 킴? 두유노 신 킴?

–18년 만에 18번째래 ㅋㅋㅋㅋㅋㅋㅋㅋ

–거 18, 18 하지 마라. 동양인 최초 사이 영 예정자다.

–지랄 났네, 지랄 났어. 저거 곧 거꾸러진다는 데에 100원 건다.

바다 건너에서 찬란히 빛나는 한국인 메이저리거 '선발 투수'.

마치 박천후를 계승하는 것 같은 그 존재에 매료된 한국 야구팬들이 김칫국을 거세게 들이마실 무렵.

"잠시만 기다려 주십시오."

"네, 알겠습니다."

김신은 메디컬 테스트를 위해 아주 익숙한 병원에 방문해 있었다.

뉴욕 컬럼비아 대학병원.

전설적인 양키스의 1루수, 루 게릭이 다니던 그곳.

양키스의 지정 병원으로, 늙어 가던 그가 쉴 새 없이 방문했던 곳.

그리고…….

"캐서린 아르민."

전직 의사 겸 에이스와 현직 의사 겸 양키스의 광팬이 교분을 나누던 곳.

구불거리는 금발과 야구에 대한 열의로 반짝이던 푸른 눈을 떠올리며 주변을 둘러보던 김신은.

-진짜? 진짜로 의사였다고요? 닥터?

순간 들려오는 환청에 눈을 감았다.

30대 중반, 그것도 쭉 선수로 활동한 게 아니라 일반인이었던 만큼 구단도 김신 스스로도 몸 상태에 민감할 수밖에 없었다.

당연히 수시로 메디컬 테스트를 받으며 몸을 관리할 수밖에 없었고.

그 과정에서 아름다운 연상의 담당의와 친해지는 건 자연스러운 일이었다.

의학과 야구라는 공통된 관심사를 소유한 그와 캐서린의 사이는 급물살을 타듯 발전했지만.

'내가 너무 여유가 없었지.'

야구라는 천직을 너무나 늦게 발견하는 바람에, 그것 외에는 김신의 머릿속에 들어올 수 있는 존재가 없었다.

결국 아슬아슬하게 선을 넘지 않은 상태에서 관계는 멈춰 버렸고.

은퇴한 이후에는 은퇴 직후에 보여 줬던 스스로의 꼴사나운 모습 때문에 다가가지 못했다.

하지만 그것은 이제 그저 연재가 중단된 소설일 뿐.

'이번엔 달라.'

이번 생, 김신은 그 무엇도 놓칠 생각이 없었다.

"오래 기다리셨습니다. 여기는 김신 선수를 담당하실 주치의, 닥터 아르민입니다."

문이 열리자 햇살을 닮은 금발이 반짝였다.

⊖

김신의 메이저리그 계약이 정식으로 체결된 날.

"어떻게 아다리가 맞으려니까 이렇게 맞냐! 안 그래?"

"국장님의 뛰어난 결단 덕입니다!"

"자식, 오늘은 한우다!"

"감사합니다!"

우연찮게 2012년 메이저리그 독점 중계권을 확보한 MBS SPORTS+ 짠돌이 원병훈 국장의 지갑은 기쁘게 그 입을 활짝 벌렸고.

"사람 맞아? 이게 말이…… 아니, 우리 양키스 소속이니까, 뭐…… 좋은 게 좋은 거지, 흐흐!"

조기 졸업 행진으로 젊은 나이에 닥터라 불리는 양키스의 광팬은 꽃다운 미모에 어울리지 않는 음침한 웃음을 흘렸으며.

"후후."

시원스레 계약서에 사인한 김신 또한 누군가 덕에 시종일관 함박웃음을 지었다.

그러나 유일하게 웃지 못하는 단 한 사람.

"킴, 정말 이러실 겁니까? 지금이야 메이저 계약이지만 나중에 장기 계약 때도 이런 태도를 보이시면……."

뉴욕 양키스와의 협상 테이블에서 고개만 끄덕여야 했던 비운의 스카우터, 헤빈 디그라이언.

"아직 잘 모르시겠지만, 메이저리거에게 연봉이란……."

김신은 반드시 그의 생각을 바꾸고야 말겠다는 듯 달라붙는 헤빈에게 피식 웃으며 쪽지 하나를 건넸다.

"받아요."

"그래서 A−rod도…… 응? 이건 뭡니까? 류한준? 노아 신더가드? 무키 베츠?"

메이저리그 스카우터에게는 황금보다 더한 무게를 가진 이름들이 줄을 서 있는, 제국의 재건과 헤빈의 독립을 동시에 가져다 줄 수 있는 쪽지를.

"잘 찾아보세요, 제가 드릴 수 있는 건 거기까집니다."

"……? 아니, 몇몇은 들어 보긴 했는데……."

엉거주춤 쪽지를 손에 든 채 정신없이 그 이름들을 훑어보는 헤빈에게, 김신은 한 가지를 더 안겨 주었다.

"그리고 이건 지금 즉시 제작에 착수해 주세요."

"……이건 또 뭡니까? 아니, 잠깐! 이건 설마……!"

그 안에 담긴 것을 알아보고 경악에 빠진 헤빈을 뒤로한 채, 김신은 돌아서서 축객령을 내렸다.

"극비리에 제작해 주세요."

그곳에는 엄지가 2개인 글러브가 그려져 있었다.

메이저리그 개막전 로스터에 올랐다는 것은 무슨 의미인가.

그것은 9월 확장 로스터가 시행되기 전까지 터프한 메이

저리그 일정을 오롯이 감당해야 할 스물다섯 명의 1군 주전
진에 들었다는 말이다.

그중에서도 유일하게 다섯 명 이상의 자리가 확정되어 있
는 팀의 핵심, 선발 투수.

그 안에 두 글자의 한국인 선수가 있었다.

−언제쯤 데뷔할까? 시범 경기 보니까 장난 없던데.

−아서라. 그러다가 빅 리그에서 참교육 당하는 애들이 한둘인
줄 알아?

−될성부른 원석이긴 하지만, 아직은 글쎄?

−한두 경기 하고 마이너에 내려갈 듯.

−헛소리하지 마라. 투구 영상이나 보고 와.

희망 일색인 한국과는 달리 여러 가지 의견이 난립하는 미
국 여론.

그러나 그 목소리들의 모두 동의하는 사실이 하나 있었다.

−적어도 개막 시리즈에선 못 보겠지.

−그건 당연하지.

C. C. 사바시아, 구로다 히로키, 필 휴즈, 이반 노바, 프레
디 가르시아……

팬들의 기대에 못 미치기는 해도, 김신이 3선발 안쪽이라고 생각하는 것은 무리인 라인업이었다.

–사바시아 말고는 영…….
–어쩌다 우리가 이렇게 됐냐.

김신에서 시작하긴 했지만 자연스레 2012년 양키스의 선발진으로 옮겨 간 커뮤니티의 주제.
과거를 회상하며 씁쓸해하던 팬들은 애써 밝은 면을 찾아냈다.

–곧 앤디가 돌아오니까 괜찮을 거야!
–맞아. 그리고 불펜은 우리가 최강이잖아.
–믿습니다, 리베라!

김신의 조언이 효과를 발휘하여 어이없는 부상을 피하게 된 조바 체임벌린을 시작으로.
마리아노 리베라, 데이비드 로버트슨, 라파엘 소리아노 등이 굳건히 버티는 불펜진은 리그 최고 수준이었으니까.
선발은 좀 불안하지만 아직까지 현역으로 뛰고 있는 두 코어, 데릭 지터가 이끄는 야수진과 마리아노 리베라가 이끄는 불펜진은 강력한 팀.

그것이 바로 2012년 양키스의 평가였다.

⚾

2012년 4월 6일.

마침내 메이저리그 개막전이 열렸다.

"와아아아아아ー!"

상대는 같은 아메리칸리그 동부 지구의 스몰마켓인 탬파베이 레이스.

그들의 홈구장 트로피카나 필드에서는 쉴 새 없는 타격음이 울려 퍼졌다.

따아아악ー!

[아아. 믿을 수 없습니다! 리베라가! 마리아노 리베라가! 무너집니다!]

1차전. 리그 최강의 마무리, 양키스의 마리아노 리베라가 9회 말 블론 세이브를 범하며 6-7 패배.

따아아악ー!

[루크 스캇! 자신이 왜 지명타자인지 유감없이 증명합니다!]

2차전. 경기장보다 병원에서 보내는 시간이 더 긴 남자, 레이스의 루크 브랜든 스캇이 휘두른 4타수 3안타를 얻어맞고 6-8 패배.

ー양키 별거 없는데?

－퇴물까지 불러온 거 보면 말 다 한 거 아님? 물론 그 퇴물도 마
이너에 갔지만 ㅋㅋㅋㅋㅋㅋㅋ

　양키스와 보스턴이라는 메이저 최강의 고래들 사이에서
버텨 오던 새우가 자신의 존재를 만천하에 소리쳤다.

　"쉽지 않을 건 알았지만……."

　2011년 사이 영 페이스를 보였던 1선발 제임스 쉴즈와
2012년 사이 영 수상 '예정'자인 2선발 데이비드 프라이스라
는 강력한 원투 펀치.

　투수진에 비해 타격이 상당히 부족하긴 해도 2010년 지구
우승을 차지했던 전력이 거의 그대로 남아 있는 방심할 수
없는 팀, 탬파베이 레이스.

　하지만.

　"끄응, 스윕 패라……."

　양키스가 왜 양키스인가.

　항상 우승을 향해 달리는 팀이기에, 그만한 위업을 거둬
왔기에 악의 제국이라 불리는 것이 아닌가.

　2030년대가 아닌 2010년대.

　조 지라디 감독은 첫 시리즈부터 스윕을 당하는 양키스의
모습을 두고 볼 수 없었다.

　그러나 탬파베이의 3차전 선발은 2011년 신인왕에 빛나는
제레미 헬릭슨.

지난해 말 데드 암(Dead arm) 증세를 보이며 토미 존 서저리 이야기까지 나왔던 필 휴즈가 상대하기에는 너무 강력한 투수였다.

그러므로 조 지라디 감독이 택할 수 있는 경우의 수는.

"어쩔 수 없지. 이럴 때는 한 번 더 모험을 걸 수밖에."

누군가의 선발 로테이션을 조정하는 것 정도.

그리고 2012년 4월 8일.

2연패를 당한 양키스의 마운드에.

"딱 좋은 날씨군."

모두의 예상을 깨고, 만 19세의 동양인 투수가 올라왔다.

스윕 패를 당했을 양키스의 미래가 거세게 요동치는 순간이었다.

[이 선수가 데뷔를 하는군요! 백넘버 92, 김신 선수입니다!]

[아직 만 19세의 어린 나이지만, 지난 시범 경기에서 보여 준 모습이 워낙 압도적이었습니다.]

[맞습니다. 만 19세 177일. 아직 음주도 불가능한 나이죠.]

[하하, 이번 시즌 양키스가 우승을 한다면 논 알코올 샴페인으로 샤워를 해야겠군요.]

만 19세 177일.

법적으로 술조차 마실 수 없는 어린 나이.

하지만 그 신체 안에 도사리고 있는 것은.

'에반 롱고리아 말고는 신경 쓸 것도 없는 타선.'

30대 중반에 데뷔했음에도 3회나 사이 영을 들어 올린 괴물.

구속 저하로 은퇴하고도 야구에만 파묻혀 살던 광인이었다.

그가 연습 피칭을 시작했다.

뻐엉—!

하지만 김신이 낀 글러브는 평범한 좌완 투수용 글러브.

본격적인 정규 리그가 개막하기 전, 혜빈에게 제작을 맡긴 특수한 글러브가 아니었다.

뻐엉—!

시작도 하기 전에 보수적인 선수들과 코치진에게 제재를 받는다는, 일말의 위험부담도 지고 싶지 않은 마음도 있지만.

'최고의 기회다.'

적에게 상상조차 하지 못한 일격을 날리기 위해 아군까지 속이려 했을 따름이었다.

지금 그가 하려고 하는 행위는, 그 정도로 전대미문의 일이었으니까.

"플레이볼!"

1회 말.

주심의 선언과 함께 다시 시작된 경기.

타석에 들어선 1번 타자 데스몬드 제닝스는 김신을 전혀 경시하지 않은 채 긴장된 기색으로 타격에 임했다.

하나 투고타저의 리그, 그중에서도 가장 허약한 타선을 자랑하는 탬파베이의 1번 타자가 아무리 긴장한다 한들.

뻐엉-!

"아웃!"

100마일을 넘나드는 속구를 이겨 낼 순 없었고.

따악-!

"아웃!"

그것은 2번 타자 카를로스 페냐도 마찬가지였다.

[내야 높이 뜬 공! 유격수 데릭 지터가 손쉽게 잡아냅니다! 5구 만에 아웃 카운트 2개를 엮어 내는 김신 선수! 탬파베이의 테이블 세터진이 순식간에 셋아웃됐습니다!]

2아웃.

탬파베이 타선의 핵이자 희망이 배터 박스에 들어섰다.

에반 롱고리아.

탬파베이 레이스의 프랜차이즈 스타이자, 메이저 데뷔 6경기 만에 장기 계약을 선사받은 걸출한 타자이자.

유격수 빅3로 꼽히던 노마 가르시아파라 이후 11년 만에 만장일치 신인왕을 수상했던 남자.

이제 5년 차에 들어서 슬슬 베테랑의 기세를 풍기고 있는 탬파베이의 희망은 철탑같이 마운드에 서 있는 루키를 바라보았다.

'쉽지 않겠구먼.'

지난 1, 2차전에서 맞닥뜨렸던 양키스의 1, 2선발보다 오히려 더한 위압감을 뿜어내고 있는 저 투수가 과연 루키가 맞는 것일까?

아니, 애초에 데뷔전에서 저런 포커페이스를 유지할 수 있는 루키가 있긴 한 걸까?

에반 롱고리아가 그런 생각을 하고 있을 찰나.

뻐엉-!

"스트라이크!"

마운드의 투수는 기다려 주지 않고 100마일의 속구를 바깥쪽 낮은 코스로 찔러 넣었다.

'집중하자, 집중!'

에반 롱고리아는 헬멧을 툭툭 치며 잡스러운 상념들을 날려 보내고 전심전력으로 타격에 임했지만.

따악-!

"파울!"

자비 없는 101마일의 포심 패스트볼에 배트를 제대로 맞힐 수 없었다.

'조금 밀렸나.'

지난 3월의 시범 경기 이후, 아메리칸리그의 팀들은 김신이라는 투수를 낱낱이 분석해 왔고.

그럼으로써 선호하는 구종, 코스, 자주 사용하는 로케이션 등 많은 부분이 파헤쳐졌다.

2스트라이크를 잡을 때까지는 포심을 선호한다든가, 공격적인 피칭으로 카운트를 잡으러 들어온다든가, 초구 스트라이크 비율이 극단적으로 높다든가 하는 부분들이.

그러나 기교파 투수도 아닌 강속구 투수를 낱낱이 분석해 봤자 별다른 효과를 볼 수는 없다.

결국 남은 것은, 투수와 타자의 순수한 힘 싸움.

그리고 그런 힘 싸움에서.

따악-!

[우측 높게 뜹니다! 우익수 닉 스위셔! 닉 스위셔가…… 잡았습니다! 스리아웃! 뉴욕 양키스의 2회 초 공격으로 찾아뵙겠습니다! 여기는 0의 균형이 이어지고 있는, 트로피카나 필드입니다!]

에반 롱고리아는 패배했다.

하나 그 표정은 전혀 어둡지 않았으니.

'역시 그라운드에서 경험해 봐야 해.'

방금의 외야 플라이아웃은 결국 '플라이'로 끝났지만 다른 말로 하면 외야까지 뻗어 나간 타구가 나왔다는 말.

운만 조금 좋았다면, 안타가 될 수도 있었다는 소리다.

즉, 그의 타이밍이 점점 맞아 가고 있다는 뜻.

'다음 기회엔…….'

어차피 세 번 중에 한 번만 이겨 내도 박수를 받는 포지션이 타자다.

또한 같은 투수와 많이 만날수록 유리한 쪽도 말할 것 없이 타자.

에반 롱고리아는 마운드에서 내려가는 김신의 뒷모습에서 고개를 돌려 그라운드로 걸어 나오는 제레미 헬릭슨을 바라보았다.

다음 기회를 만들어 줄 수 있는 남자를.

이미 1회 초를 거침없이 셧아웃시켜 버린 막강한 투수를.

'슈퍼 루키는 그쪽에만 있는 게 아니라고.'

그러나 그랬기 때문에.

오른팔을 휘휘 돌리는 김신의 모습을 놓치고 말았다.

보았다 하더라도 김신의 머릿속에 무엇이 들었는지는 상상조차 못 했겠지만.

좌완 파이어볼러는 지옥에서도 데려온다.

메이저리그의 오래된 격언.

하나 사실 잘 모르는 사람이 보기에, 이 격언에는 문제가 있다.

좌투수는 좌타자에게 강하고, 우투수는 우타자에게 강한 것이 상식일진대, 리그 대다수가 우타자인 상황에 왜 좌완 파이어볼러를 지옥에까지 가서 데려오는가.

그 질문에 대한 답은 간단하다.

생소함.

타자와 투수가 많이 만날수록 타자가 유리해진다는 말과 일맥상통하는 이야기다.

타격이란 피나는 훈련 위에 경험이 얹혀서 형성되는 것인데, 그 경험은 절대적으로 우완 투수의 경우가 많을 수밖에 없다.

왜냐? 인간이라는 종 자체가 오른손잡이가 대부분이니까.

그렇기 때문에 좌완 투수는 대부분의 타자들에게 우완 투수보다 생소할 수밖에 없게 되는 것이다.

정리하자면, 투수는 생소할수록 강력하다.

많이 만날수록 타자에게 유리하다는 말을 뒤집으면 적게 만날수록 투수에게 유리하다는 말이니까.

그런데.

야구계엔 좌완 투수보다 생소한 투수가 있다.

바로 위에서 아래가 아닌, 아래에서 위로 공을 던지는 투수.

그리고 그 생소한 투수보다 더욱더 생소한 투수가, 이 세계엔 있다.

'역시 메이저리그. 만만치 않아.'

아직은 추운 4월의 날씨.

김신은 땀을 식히지 않기 위해 외투를 겹쳐 입으며 마지막 투구를 머릿속에 떠올렸다.

'첫 두 타자를 너무 쉽게 잡아서 방심했나?'

하지만 이내 김신은 고개를 저었다.

생각보다 더욱 맥없이 아웃 카운트를 늘려 주던 상대의 모습에 방심했든, 에반 롱고리아가 그의 생각보다 뛰어난 타자든 상관없다.

'넘겼으면 됐다. 집중하자.'

출루를 시킨 것도, 안타를 맞은 것도 아닌 고작 외야 플라이.

그걸 계속 머릿속에 잡아 놓고 있기엔 이번 경기, 김신이 바라보고 있는 고지가 너무나 높았으니까.

얼마 전에 얻게 된 가슴이 간질간질해지는 만남을 포함해, 경기에 도움이 되지 않는 것들을 모조리 눌러 없앤 김신은 눈을 가늘게 뜨며 마운드의 적수를 바라보았다.

뻐엉-!

'제레미 헬릭슨이라……'

기억 속에 존재하지 않는 이름인 것으로 보아 소포모어 징크스로 추락해 갔거나, 아니면 지난 시즌이 플루크였겠지만.

그 어떤 위대한 투수도 매 경기 호투를 펼칠 수는 없고, 평범한 투수도 긁히는 날은 있는 법.

'중요한 건 나한테 도움이 되냐 안 되냐지.'

평소라면 팀의 빈타를 우려하고 있었겠지만, 오늘만은 다르다.

이번 경기, 제레미 헬릭슨의 호투는 김신에게 도움이 된다.

따악—!

[쳤습니다! 2루수 잡아서 1루에! 1루에서…… 아웃! 깔끔하게 땅볼 2개로 2아웃을 잡는 제레미 헬릭슨! 대단합니다!]

그가 경기 감각을 잃지 않도록, 그리고 땀이 식지 않도록 이닝을 빠르게 먹어치워 주고 있으니까.

'이보다 좋은 기회가 있을까?'

리그 최악의 식물 타선.

이닝을 빠르게 먹어 주는 상대 투수,

펄펄 날 것 같은 컨디션.

모든 조건들이 김신이 노리는 '그것'에 최적화된 환경을 제공하고 있었다.

남은 건 단 한 가지.

운.

뻐엉—!

[스윙 앤 어 미스! 제레미 헬릭슨! 삼진으로 마지막 아웃 카운트를 잡습니다! 경기는 2회 말 템파베이의 공격으로 이어지겠습니다!]

이 세상에서 가장 생소한 투수가 마운드로 향했다.

Welcome To Major League

　[아웃! 김신 선수 대단합니다! 타순이 한 바퀴 돌았는데도 여전히 템파베이 타자들이 손을 못 대고 있어요!]

　[예. 초반부터 전력투구하는 듯 보이는데…… 체력이 받쳐 줄지 걱정이 되는 모습입니다만, 지금까지는 강력한 효과를 거두고 있습니다. '그걸' 하고 있을 정도로요.]

　[오늘 양 팀의 루키들이 1, 2차전임이 무색하게 명품 투수전을 펼치는군요.]

　4회 말 2아웃. 점수는 여전히 0-0.

　에반 롱고리아가 두 번째 타석에 들어섰다.

　언제나처럼 우타석에.

　그리고 그 순간이었다.

[어엇! 이게 무슨 일이죠? 김신 선수, 글러브를 반대로 착용했습니다!]

포수에게서 공을 받고, 땀을 닦는 듯이 뒤돌아선 김신이 글러브를 왼손에 낀 것은.

그리고 해설자의 외침이 채 관중의 귓가로 들어가기도 전에.

'뭐지? 뭔가 이상한데?'

타석에 선 에반 롱고리아가 위화감의 원인을 찾아내기도 전에.

슈욱–!

김신의 오른손이 바닥을 스치고.

[그대로 던집니다!]

뻐엉–!

마치 연어가 강물을 거슬러 오르듯, 바닥에서 튀어 오른 공이 커다란 포구음과 함께 포수 미트에 틀어박혔다.

'말도 안 돼……!'

좌완 파이어볼러보다 더욱 생소한 투수, 언더핸드 투수.

그런데 그 언더핸드 투수가 좌완 파이어볼러와 동일 인물 이라는 말도 안 되는 현실에, 에반 롱고리아의 입이 쩍 벌어 졌다.

'스위치…… 피칭……?'

그야말로 전대미문(前代未聞)의 투수.

에반 롱고리아는 입을 벌린 채 멍하니 김신의 모습을 좇

았고.

카메라 또한 그의 시선을 따라 움직였다.

그리하여 대형 스크린에 선명히 드러난 김신의 모습.

경기가 시작할 때는 평범한 좌완 투수의 것이었던 글러브가.

바뀌어 있었다.

"뭐야!"

"오른손으로 던진다고?"

"미친? 좌완 파이어볼러라며?

관중은 술렁이고.

"이게 무슨……."

"홀리 싯!"

상대 팀 템파베이의 더그아웃은 충격의 도가니에 빠졌다.

[믿을 수 없는 일이 벌어졌습니다! 스위치 피칭! 그것도 오른손은 언더핸드입니다! 글러브는 언제 바꿔 끼었죠?]

[분명 경기 시작 때는 평범한 글러브였던 것 같습니다만…… 아마 이번 이닝이 시작할 때 바꿔 끼고 나온 듯싶습니다.]

[허……! 어쨌든 특수 글러브까지 준비했다는 건 완벽히 계획된 플랜이라는 거군요. 놀랍습니다!]

[물론 스위치 피칭이 전례가 없는 일은 아닙니다. 정확한 건 자료를 찾아봐야겠지만, 옛날 몬트리올 엑스포스에서 뛰었던 그렉 해리스 선수가 시도했던 적이 있고, 마이너리그까지 치자면 같은 양키스의 펫 밴디

트 선수가 있습니다.]

[예, 저도 기억이 나는군요. 그런데 그러고 보니 지금 상황은 규정에 안 맞지 않나요? 몇 년 전에 화제가 되었던 밴디트 룰 말입니다.]

[맞습니다. 심판진이 어떤 판단을 내릴지 지켜봐야겠습니다.]

밴디트 룰.

2008년 양키스 팜에 속해 있는 마이너리그 선수, 펫 밴디트가 스위치히터와 타격 방향과 투구 방향을 놓고 실랑이를 벌인 사건 이후 만들어진 규정이다.

스위치피처는 먼저 자신의 투구 방향을 결정하여 마운드에 올라야 하고, 그 후 타자는 자신의 타격 방향을 결정할 수 있으며, 이후 해당 타석에서는 투수와 타자 모두 방향을 변경할 수 없다.

……는 내용을 담고 있는 규정이다.

쉽게 말하면 한 타자에게는 한 손으로만 던져야 한다는 규정.

현재 김신은 같은 타석에서 투구 방향을 바꾼 건 아니었지만, 사전에 투구 방향을 고지하지 않았으므로 이 규정을 위반한 것이었다.

하지만.

'메이저리그에서는 처음 있는 일이다. 완벽하게 규정을

어긴 것도 아니니 퇴장까지 시킬 리가 없어. 기껏해야 주의 정도.'

김신에겐 이런 상황에서 심판들이 어떤 판단을 내릴지 정도는 꿰뚫을 만한 경험이 있었다.

정말 극복해야 할 것은 심판들이 아니라.

[러셀 마틴, 데릭 지터, 조 지라디 감독이 모두 마운드로 향합니다. 이거, 사전에 계획된 게 아니었던 것 같은데요?]

아군이었다.

"적어도 함께 배터리를 이룬 나에게는 알렸어야지!"

"죄송합니다."

"하아……."

"마틴, 진정해."

그것의 돌파구로 무조건적인 사죄를 선택한 김신.

러셀 마틴의 일갈에 사죄를 표하는 김신에게 조 지라디 감독은 말했다.

"언제부터 준비한 거지?"

그 말에 데릭 지터와 러셀 마틴이 한발 뒤로 물러선 사이, 눈을 빛낸 김신은 담담하게 진실을 털어 놓았다.

"처음부터입니다."

"처음?"

"야구선수가, 투수가 되고자 했을 때부터요. 할 수 있다는 걸 알게 된 뒤부터 양손으로 쭉 던져 왔습니다."

김신의 답변에 잠시 침묵하던 조 지라디 감독은.

"훈련은 어떻게 했는지, 왜 숨겼는지 묻고 싶지만."

마운드에 선 투수의 어깨에 손을 얹으며.

"한번 해 봐. 할 수 있는 데까지."

굶주린 야수를 초원에 풀어 놓았다.

그에 자신이 무시당했다고 생각한 러셀 마틴은 반발했으나.

"감독님!"

"마틴!"

조 지라디 감독이 나서기도 전에, 데릭 지터는 그를 만류하면서.

"저기."

전광판을 턱짓했고.

"……!"

그곳에는.

[96mile]

96마일, 154km/h라는 믿을 수 없는 수치가 적혀 있었다.

2000년대 초반, 한국산 핵잠수함이 던지던 그것을 뛰어넘는 구속이.

조 지라디와 데릭 지터, 러셀 마틴이 마운드에 모여 있던 순간.

백방으로 뛰어다닌 해설진은 마침내 관련 정보들을 정리할 수가 있었다.

[기록에 따르면 데드볼 시대 1882년 토니 멀린이 최초로 스위치 피칭을 시도했다고 합니다. 라이브 볼 시대에는 말씀하신 대로 1995년 그렉 해리스의 기록이 있군요.]

[예, 말씀드렸다시피 스위치 피칭을 시도한 투수가 아예 없던 것은 아닙니다만…… 이번 경우에는 같은 경우라고 할 수가 없겠군요.]

[구속 때문이겠죠?]

[그렇습니다. 96마일이면 웬만한 강속구 투수의 구속과 별 차이가 없는 수준이지 않습니까. 그런데 심지어 언더핸드입니다.]

[맞습니다. 100마일을 상회하는 좌완 오버핸드, 96마일의 우완 언더핸드. 이렇게 놓고 보니 하나만 가지고 있어도 리그를 호령할 무기를 2개나 가지고 있는 거군요, 김신 선수는.]

[……어떻게 이렇게 던질 수 있는 건지는 모르겠습니다만…….]

해설진들의 말대로 스위치 피칭, 즉 양손 투구가 전무했던 일은 아니다.

문제는.

"아니, 양손으로 던질 줄 알면 좋은 거 아냐? 우타자한텐 오른손으로, 좌타자한텐 왼손으로 던지면 되잖아."

"머리가 비었냐? 차라리 한쪽에 집중하는 것만 못하다니까?"

"왜?"

"그렇게 좋았으면 다 양손으로 던지고 있었겠지! 없는 데에는 이유가 있는 거야!"

경기장 곳곳에서 튀어나오는 준 야구 전문가들의 코멘트와 같이.

스위치 피칭이 생각만큼 좋은 투구 방식이 아니라는 것은 140년 긴 메이저리그 역사가 증명하고 있었다.

[갑작스러운 부상이나 투구 밸런스에 문제가 생길 가능성이 큽니다. 계속 스위치 피칭을 한다면, 아니, 원 포인트로 사용한다고 해도요.]

[그렇군요.]

라이징 패스트볼이라는 말은 있지만 실제로 공을 떠오르게 할 수 있는 투수는 없는 것처럼.

인간의 육체에는 한계란 것이 존재했으니까.

그리고 김신이 시도하고 있는 강속구 스위치 피칭은, 그 인간의 한계를 넘나들어야 나올 수 있는 산물이었으니까.

[앗! 말씀드리는 순간 주심이 마운드로 향합니다. 어떤 판단을 내렸을까요?]

[정확히 규정을 어긴 것은 아니니 아마 주의…… 네, 주의인 것 같습니다. 주심, 다시 마운드를 내려갑니다.]

[조 지라디 감독과 러셀 마틴 포수도 제자리로 돌아갑니다! 경기를 속행하려는 것 같죠?]

[그렇습니다. 아마 이번 경기가 끝나면 한동안 시끌시끌하겠군요.]

그러나 투구 밸런스든, 부상이든, 규정이든…… 그런 논란들 따위 아무것도 신경 쓰지 않는다고 외치는 것처럼.

[노 볼 원 스트라이크. 김신 선수, 글러브는 여전히 왼손에 끼고 있습니다! 와인드업!]

모든 것은 성과로 증명하겠다는 것처럼.

뻐엉―!

김신의 오른손은 유려하게 허공을 유영했고.

"스트라이크!"

에반 롱고리아는 그 공의 털끝조차 건드릴 수 없었다.

부우웅―!

"스트라이크! 아웃!"

마지막 아웃 콜을 듣고 당연한 일이라는 듯 천천히 마운드를 내려가는 김신.

그런 그의 뒷모습을 바라보던 캐스터가 '만약'을 입에 담았다.

[만약…… 김신 선수가 이대로 잘 던지면 어떻게 되는 거죠?]

그 물음에 침을 한번 꿀꺽 삼킨 해설자는.

[만약 그렇게 된다면…… 우리는 지금 야구 역사에 이름을 새길, 전무후무한 투수의 탄생 현장을 지켜보고 있는 걸 겁니다.]

떨리는 목소리로.

[두 명의 선발 투수가 한 마운드에서 던지는 것이나 다름없을 테니까요.]

미래를 예언했다.

그렉 매덕스.

세상사는 데 정해진 거라고는 세금과 죽음, 그리고 매덕스의
15승뿐이다.

이 말이 기정사실처럼 받아들여질 정도로 시대를 지배했
던 대투수.

4회의 사이 영 상을 석권했으며, '대약물 시대'를 맨몸으
로 뚫어 내고 메이저리그 역사에 자신의 이름을 새겨 넣은
절대자.

그러나 30대 후반, 세월이라는 이름의 신은 매덕스에게서
고작 1마일의 구속과 아주 조금의 악력을 가져갔고…….

그것으로 충분했다, 위대한 절대자가 평범한 투수로 전락
하는 데는.

마스터라고 불릴 정도의 완벽한 제구력과 교수라고 불릴
정도의 압도적인 수 싸움조차 기본적인 구속과 구위의 차이
를 이겨 낼 수 없었다.

그리고 2031년. 만 38세의 김신 또한 똑같은 신을 이겨 낼

수 없었다.

아니, 오히려 더한 추락을 겪었다.

제구력을 장기로 하는 매덕스와 달리 김신은 파이어볼러였으니까.

물론 1, 2년 정도는 4~5선발로 뛸 수 있었을지 모른다.

부자는 망해도 삼 대는 가고, 잘 지은 건물은 천 년을 가는 법이니.

하지만 김신의 가슴속에 새로이 눈을 뜬 야수는 그런 자신의 모습을 용납할 수 없었다.

거세게 타오르는 불길 아래, 김신은 다른 길을 찾아 헤맸다.

왼손이 안 되면 오른손으로.

오버핸드가 안 되면 스리쿼터로, 그것조차 안 되면 언더핸드로.

그리고 마침내 2032년.

김신은 또 하나의 사이 영 상을 움켜쥐었다.

'우완 언더핸드' 투수로서.

믿을 수 없는 변신에 완벽히 성공한 김신에게 세상은 찬사를 보냈지만.

그가 손에 넣을 수 있었던 사이 영 상은 그게 마지막이었다.

빌어먹을 시간이라는 놈이 그에게서 다시 한번 똑같은 것을 앗아 갔으니까.

그러나 2012년.

뻐엉-!

이길 수 없는 존재를 향한 한 인간의 발버둥이.

그 처절한 발악이.

"스트라이크-아웃!"

찬란한 빛을 뿜어냈다.

5회, 그리고 6회.

뻐엉-!

불가능을 가능케 하는 축복받은 육체에서 뿜어져 나오는 공들이 그라운드를 가득 채워 갔고.

[언빌리버블 피칭!]

[이건…… 정말 말이 안 나오는군요.]

반대로 경기장은 점점 더 고요 속에 빠져 들어 갔다.

　-와, 무슨 봉인 해제임? 시범 경기 땐 안 이랬잖아.

　-큭큭, 내 오른손엔 흑염룡이 잠자고 있다!

　-오덕 새끼가 지랄하네.

　-닥치고 기도나 해. 동양인 사상 초유의 사태니까.

　-뭐가?

　-아, 얘기하지 말라고!

　-'그걸' 하고 있잖아, 지금!

　-닥쳐, 제발!

조 지라디 감독과 캡틴 데릭 지터의 리더십으로 간신히 억눌러 놓았던 더그아웃 또한 자발적인 침묵에 빠져 든 7회.

[아웃! 경기는 7회 말로 향합니다!]

전대미문의 투구로 전대미문의 기록을 세워 나가는 미래의 지배자가.

"후우……."

다시 한번 그라운드로 발을 디뎠다.

아직까지 그 누구도 1루 베이스를 밟지 못한 그라운드로.

[0의 균형이 유지되고 있는 트로피카나 필드! 7회 말, 1회부터 마운드를 지켜 온 양키스의 슈퍼 루키가 다시 한번 마운드에 오릅니다!]

[김신 선수, 정말 경이로운 피칭을 펼치고 있습니다.]

[그렇습니다. 지금 스위치 피칭이 문제가 아니…… 아니, 그것도 중요한 부분이 맞긴 하지만…….]

[쉿! 조용히 하세요.]

[하하, 큰일 날 뻔했군요.]

7회 말.

상대한 타자의 수는 열여덟 명.

오직 투수만이 만들 수 있는 '완벽한 무언가'가 트로피카나 필드를 잠식하고 있었다.

남은 아웃 카운트는 고작 9개.

하지만 지금은 '그것'이 가장 자주 깨지는 시간, 7회.

그라운드의 모든 시선이 김신의 손끝으로 향했다.

[1번 타자 데스몬드 제닝스! 아, 김신 선수 처음으로 데스몬드 제닝스 선수를 상대로 오른손에 공을 잡습니다!]

[7회가 가장 위험하다는 걸 김신 선수 본인도 알고 있는 것 같습니다.]

7회 말임에도 불구하고 20구도 채 던지지 않은 오른손이 바닥을 스쳐 지나가고.

뻐엉-!

"스트라이크!"

줄곧 하늘에서 내리꽂히는 벼락만을 바라보던 미개한 인간은 바닥에서 튀어 올라오는 섬광에 속수무책으로 당할 수밖에 없었다.

그리고 마운드에 고고히 선 김신은 목줄을 드러낸 사냥감의 모습에 사나운 미소를 지었다.

'이거, 실제로 써 먹어 보니까…….'

2009년 겨울에 회귀한 이래로 꾸준히 연습해 왔던 것이지만, 김신 또한 스위치 피칭이 어느 정도의 효과를 발휘할지 상상조차 할 수 없었다.

팔의 피로도가 양쪽으로 나뉠 테니 더 많은 투구가 가능할 것이다.

왼손 오버핸드에 익숙해진 타자에게 우완 언더핸드로 던

지면 좋은 효과를 거둘 것이다.

혼자서 좌우 놀이를 할 수 있으니 어쩌면 무적의 투수가 될 수도 있을 것이다.

예상은 했고, 그랬기 때문에 전무후무한 기록에까지 도전하고 있는 상태였지만.

'너무 좋은데?'

아무리 템파베이의 타선이 엉망이라 해도 이 정도의 효과를 거둘 줄은 김신 또한 생각 외였다.

하지만.

"후우⋯⋯."

지난 생과 이번 생, 40여 년을 살아온 불혹의 남자는 들끓는 가슴을 가라앉혔다.

신의 축복을 받은 것인지, 아니면 원래 그의 육체가 품은 가능성이 이 정도였던 것인지는 모르지만.

스위치 피칭의 문제점은 김신 또한 잘 알고 있었다.

던지면 던질수록 흔들리는 밸런스.

높아져 가는 부상의 위험.

지금은 젊음의 활력이 깃든 몸이 괜찮다며 아우성치지만.

김신은 지난 생, 그것이 얼마나 쉽게 고꾸라질 수 있는지 뼈저리게 느껴 보았다.

언제까지 그가 스위치피처로 남을 수 있을지는 그 누구도 알지 못한다.

그렇기에.

뻐엉-!

막 세상을 향해 포효하기 시작한 호랑이는 전력을 다해 사냥감의 목줄에 이빨을 꽂았다.

뻐엉-!

[아, 카를로스 페냐! 허무하게 물러납니다! 루킹 삼진!]

2번 타자 카를로스 페냐가 방망이 한번 흔들어 보지 못하고 물러난 뒤.

타석에는 템파베이의 유일한 강타자가 모습을 드러냈다.

[이번 타석이 중요해요! 에반 롱고리아 선수!]

부우웅-!

신중한 연습 스윙 뒤 배터 박스에서 타격 자세를 잡는 에반 롱고리아.

에반 롱고리아는 김신을 경시하지도 않았지만, 그렇다고 절대 넘을 수 없는 통곡의 벽이라고도 절대 생각하지 않았다.

그 근거는 ERA 0.00의 투수가 세상에 존재할 수 없다는 믿음과.

'좌완. 그리고 우완…… 둘 다 한 번은 보았다.'

현재까지 김신이 마주한 타자 중, 김신의 양손을 모두 경험한 타자는 그가 처음이라는 점.

물론 고작해야 각각 한 번씩에 지나지 않으나 실체가 드러난 비밀 병기는 어둠 속에 있을 때보다 훨씬 수월히 대비할 수 있는 법.

'자, 뭘로 던질 테냐.'

에반 롱고리아는 자신을 믿었다.

빈타에 허덕이는 타선의 중앙에서, 언제나 해야 할 일을 해 줬던 그의 방망이를.

팬들과 팀원들의 믿음을 등에 업고, 저 멀리 푸른 창공으로 공을 날려 보냈던 수많은 경험을.

[김신 선수, 계속해서 우완으로 던지겠다는 신호입니다.]

[우타자에겐 우완으로, 좌타자에겐 좌완으로. 혼자서 완벽한 좌우 놀이를 해 내고 있군요.]

[그렇습니다. 말씀드리는 순간, 초구!]

그리고 그 경험은 에반 롱고리아에게 대답했다.

너는 템파베이의 상징일 자격이 있다고.

따악-!

자신감 넘치는 전성기 타자의 몸이 완벽한 루틴에 따라 바람같이 방망이를 휘돌리고.

에반 롱고리아의 무서운 집중력이, 위로 솟아오르려는 김신의 속구를 후려갈겼다.

하지만.

[초구 타격! 3유간! 엇! 왜 여기 있죠? 왜 여기 있는 거죠?]

양키스에는 그보다 더욱 원숙한 경험과.

[정말 대단합니다! 정말 대단해요!]

평범한 사람이라면 진작에 무너졌을 거대한 신뢰를 온몸으로 떠받들고 있는 존재가 있었다.

[데릭 지터!]

운, 경험, 실력…… 무엇인지는 모르겠으나.

그가 그 자리에 있었다.

일반적인 유격수의 수비 위치가 아닌, 3루에 바짝 붙은 그곳에서 그가 천천히 몸을 일으켰다.

글러브 안에 하얀 공을 거세게 움켜쥔 채.

[양키스의 캡틴이 루키의 기록을 지켜 냅니다! 스리아웃!]

남은 아웃 카운트는, 6개.

점수는 0-0.

경기는 종반으로 접어들고 있었다.

양키스의 8회 초 공격.

양키스의 1번 타자가 이번 경기 네 번째로 배터 박스에 섰다.

그리고 그 노련한 눈동자 안에 여전히 마운드를 지키고 있는 템파베이의 선발 투수가 들어왔다.

'슈퍼 루키라…….'

'그걸' 하고 있는 김신에 비하자면 모자란 듯 보이지만, 강력한 양키스의 타선을 안타 3개와 볼넷 3개로 꽁꽁 틀어막고 있는 작년도 신인왕.

이대로 0의 균형이 9회까지 갔다가는 건방진 루키 녀석의 '그게' 날아갈 수도 있었다.

'그건' 승리하지 못하면 주어지지 않는 위대한 기록이니까.

평범한 선수라면 일생에 한 번 겪어 보기 힘든 터프한 상황.

더군다나 오늘 그의 기록은 3타수 1삼진 2땅볼, 무안타.

하지만.

'이런 건 지겨울 만큼 겪어 봤지.'

닳고 닳은 늙은 호랑이는 오히려 방망이를 가볍게 잡았다.

쐐액-!

바람을 가르며 날아든 제레미 헬릭슨의 초구.

뻐엉-!

볼.

'그래, 힘이 빠질 때도 됐지.'

수없이 겪어 왔던 사선에 서자, 그의 날카로운 감각이 늙어 스러져 가는 육체를 일깨우고 있었다.

제2구.

따악-!

'흐음, 젖 먹던 힘까지 쓰는구먼.'

위기를 느낀 건지 한층 강력해진 구위에 방망이가 밀려 파울.

그리고 몇 개의 공이 홈플레이트로 날아들었다.

뻐엉-!

2개는 흘려보냈고.

따악-!

7개는 라인 바깥으로 쳐 냈다.

"후우……."

3볼 2스크라이크.

투수와 타자 양자가 모두 물러설 곳이 없는 풀카운트.

[이번 경기 최대의 승부처라고 해도 과언이 아닙니다! 뭔가가 터질 것 같은 분위기가 트로피카나 필드를 메우는군요!]

[이럴 때 또 해 주는 타자가……]

"흐아아압-!"

쩌렁쩌렁 울리는 괴성과 함께 제레미 헬릭슨의 손에서 하얀 공이 튀어나오고.

'지금!'

11구를 보는 동안 완벽하게 조정해 둔 타이밍에 맞춰 회색 원정 유니폼을 입은 남자의 방망이가 돌아가는 순간.

따아아아아악-!

흡사한 날씨 때문에 착각한 건지, 11월의 사나이에게 4월이 가호를 내렸다.

[우중간! 큽니다! 우익스 벤 조브리스트! 뒤로! 뒤로-! 아아-! 넘어갔습니다! 홈-런!]

[역시! 역시……!]

양키스를 이끄는 1번 타자.

해야 할 때 완벽하게 자신의 할 일을 수행할 줄 아는, 클러치히터, 데릭 지터.

[공수 양면에서 완벽한 모습을 보여 줍니다! 이 선수의 전성기가 끝났다던 멍청이가 누구죠?]

양키스의 위대한 캡틴이었다.

퍼펙트게임(Perfect Game).

27개의 아웃 카운트를 잡는 동안 주자를 단 한 명도 1루로 보내지 않고 승리해야만 하는 불가능에 가까운 도전.

'완벽한 경기'라는 뜻에 걸맞는 압도적인 승리.

140년의 메이저리그 역사에서도 단 20번밖에 나오지 않은 대기록.

그러한 퍼펙트게임을 성취하기 위해서는 몇 가지 필수불가결한 조건이 있다.

뻐어어엉-!

[스윙 앤 어 미스! 김신! 열여섯 번째 삼진! 믿을 수가 없습니다!]

말 그대로 적 타선이 손조차 대지 못하는 언터처블의 투수.

따악-!

[첫습니다! 먹힌 타구! 2루수 로빈슨 카노가 가볍게 처리합니다!]

그 투수의 뒤를 받쳐 줄 수 있는 견고한 수비.

따아아아악-!

[데릭 지터-! 양키스의 캡틴이 또 한 번의 역사를 써 냅니다!]

승리를 쟁취할 수 있는 강인한 타선.

그리고 마지막, 그 모든 것을 가능케 할.

운(運).

9회 말 2아웃.

끝날 때까지 끝난 게 아니라는 격언을 되새기며.

전대미문의 기록을 만들어 가고 있는 투수는 숨을 골랐다.

"후우……."

앞으로 단 한 발자국. 그것만 내디디면 그토록 염원하던 기록이 손안에 들어오는 상황.

단 한 번의 퍼펙트도 이루지 못했던, 과거의 자신이 김신의 눈앞을 스치었다.

첫 번째 기회는 2루수의 어이없는 실책으로 날아갔다.

화는 났지만 그럴 수 있다고 생각했다.

퍼펙트를 앞둔 투수의 뒤를 받친다는 건 극도의 긴장을 유발하는 일이니까.

그러나 두 번째도, 마지막 세 번째도 수비수의 손에 깨지는 순간.

'결국 중요한 순간엔 내가 삼진을 잡아야만 해.'

김신은 그렇게 생각했다.

평범한 경기에서야 괜찮지만, 정말 터프한 순간에는 다른 사람의 도움을 받는 것이 아닌, 스스로 해내야만 한다고.

모든 인플레이 타구는 안타가 될 확률이 있는 것.

그런 변수를 허용하기에는 김신은 심한 완벽주의자이자 고집쟁이였다.

그건 회귀한 지금도 다르지 않고, 아마 앞으로도 그럴 것이다.

그것이 투수…… 아니, 팀을 견인하는 에이스의 덕목이자 자세라고 생각하니까.

하지만 '한 사람'을 인정하는 것은 다른 이야기.

오늘, 7회 말.

백 번에 한두 번 나올까 말까 한 실투와 그에 이은 강렬한 타격음이 울려 퍼진 찰나에.

'명불허전이라더니.'

수많은 경험으로 단련된 사자의 심장도, 차디차게 식어 언제나 제 역할을 해 내던 뱀의 시야도 스스로에 대한 자책으로 미친 듯이 고함을 지르는 그 순간에 나타난 한 남자.

[데릭 지터!]

'인정하지 않을 수가 없잖아?'

김신은 데릭 지터라는 남자를 진심으로 인정할 수밖에 없었다.

자신의 두 번째 캡틴으로서.

그리고 깨달았다.

오늘 자신에게 운이 따르고 있다고.

대업을 이룰 운이.

하지만 그 마지막이 도래한 지금.

'집중하자. 아직 갈 길이 멀어.'

김신은 도리어 자신이 이루어 나가야 할 더 커다란 목표들을 뇌리에 가득 채웠다.

퍼펙트게임은 물론 대단한 영예다.

페드로 마르티네즈, 그렉 매덕스 등 시대를 지배한 투수들도 기록하지 못한 경우가 부지기수일 정도니까.

하나 그렇다고 해도, 결국 퍼펙트게임은 개인의 기록.

단 한 경기의 승리만을 말할 뿐이다.

2010년, 열아홉 번째 퍼펙트게임을 기록하고 2012년 방출된 댈러스 브레이든이 위대한가.

아니면 퍼펙트게임 없이도 4회의 사이 영 상을 석권하며 시대를 지배하고, 팀에게 월드시리즈 트로피를 선사한 그렉 매덕스가 위대한가.

'나는 할 수 있다. 이 정도는 아무것도 아니야.'

천천히 진정된 김신의 호흡이 아직 40구 정도밖에 던지지 않은 가장 적당히 달아오른 오른팔로 향했다.

[김신 선수, 와인드업!]

그리고.

따악−!

경쾌한 타격음이 들리고, 한 줄기 하얀색 선이 튀어나왔다.

[쳤습니다!]

템파베이의 9번 타자, 유격수 숀 로드리게스의 방망이에서부터.

마운드에 선 투수의 왼손으로 이어지는, 이 놀랍도록 흥미진진한 게임을 끝낼 마지막 하얀색 선이.

[어−메이징! 김신 선수!]

그 하얀색 선이 스스로 빨려 들어가듯 김신의 왼손 글러브 안에 안착되는 순간.

[믿을 수 없는 수비와 함께, 믿을 수 없는 기록을 세웁니다!]

경기는 끝이 났다.

"우와아아아아아아−!"

"킴! 킴! 킴! 킴!"

만 19세 177일.

오늘 막 메이저리그에 첫발을 디딘 루키의 손에.

사상 스물한 번째 퍼펙트게임이 달성되는 순간이었다.

〈김신! 사상 최초 데뷔전 퍼펙트게임!〉

그것도 '데뷔전 퍼펙트게임'이라는 전무후무한 기록이.

－진짜 미쳤다…….

－이게 실화 맞나?

전 세계 야구팬들을 입 벌리게 한 전무후무한 데뷔전 퍼펙트게임만으로도 기함할 일이었지만.

김신이 이룬 것은 그것뿐만이 아니었다.

9이닝 133구 17삼진.

〈역대 **최연소**, **최다 투구 수**, **최다 탈삼진** 퍼펙트!〉

3개나 되는 기록을 갈아치우며 단 한 번의 출전만으로 메이저리그 역사에 한 획을 긋게 된 김신.

그러나 아직도 한 발이 남아 있었다.

〈*미라클 피칭! 스위치피처 김신, 데뷔전 퍼펙트!*〉

데뷔전에서.

가장 어린 나이에.

가장 많은 공을 던지고.

가장 많은 삼진을 잡아내어.

퍼펙트게임을 달성한…….

메이저리그 최초의 '강속구' 스위치피처.

그것이 바로 김신의 새로운 칭호였다.

그야말로 월드시리즈 퍼펙트게임이라는 위업을 이룬 돈 라슨에 비견되는 업적.

아니, 김신의 선수 생활은 이제 시작이었으니 오히려 그것보다 더했다.

당연히 그런 김신의 기적과 같은 역투는 수많은 화제를 낳았다.

예를 들면…….

–템파베이는 3연속 퍼펙트 헌납 ㅋㅋㅋㅋㅋㅋ 얼ㅋㅋㅋㅋ

–이것도 진기록이다. 리얼;;

템파베이의 3연속 피(彼) 퍼펙트 기록이라든지.

〈데릭 지터, 양키스의 캡틴이 루키의 퍼펙트를 지키다!〉

–지터가 지터 했다.

–지터 갓 찬양해!

역시 필요할 때 해 주는 양키스의 캡틴에 대한 찬양이라든지.

―근데 김신도 마틴한테 롤렉스 줘야 함?

―줘야지. 그게 전통인데.

―전통은 얼어 죽을! 이제 갓 데뷔한 애가 무슨 돈이 있어서 롤렉스를 주냐?

―응. 계약금 150만~ 니 연봉보다 많아~

―내 연봉 봤어? 봤냐고!

퍼펙트를 달성한 투수가 포수에게 건네는 선물에 관한 것까지.

한미 양국의 야구팬들은 밤을 새워 가며, 업무를 미뤄 가며 축제를 즐겼고.

[안녕하십니까! 선데이나잇 베이스볼, 오늘은 특별 편성으로 여러분을 찾아뵙니다! 저는 댄 슐먼.]

[저는 애런 분입니다.]

거기에 한술 더 떠 저명한 메이저리그 중계방송인 ESPN의 선데이 나이트 베이스볼은 아예 방송 시간을 연장하여 특별 편성까지 내보냈다.

그 특별 편성의 게스트로.

[오늘은 정말 특별한 손님을 모셨습니다. 환영합니다! 마스터, 그렉 매덕스!]

은퇴 후 텍사스 레인저스에서 후배들의 투구 폼을 교정해 주고 있던 레전드.

교수라고까지 불리는 남자가 스튜디오에 모습을 드러냈다.

마침 텍사스의 홈구장인 레인저스 볼파크 인 알링턴에서 열리는 텍사스와 시카고 화이트삭스의 대결을 방영할 예정이었기에 가능했던 우연.

[안녕하십니까.]

은퇴 이후 4년.

이제는 살이 붙어 후덕한 체구가 되었지만, 변함없는 눈빛을 뿜어내는 그렉 매덕스.

[일단 텍사스의 5-0 승리를 축하드립니다.]

[감사합니다만, 빨리 본론으로 넘어가죠.]

[하하, 여전하시군요. 알겠습니다.]

현역 시절 트래시 토크에 능했다는 걸 증명이라도 하듯 그의 입이 쉴 새 없이 움직였다.

[이번 김신 선수의 퍼펙트게임, 어떻게 보십니까.]

[내가 양키스였으면 지금 미친 듯이 탭댄스를 추고 있을걸. 빅 유닛과 BK가 합쳐진 것 같은 친굽니다. 그게 어떻게 가능하냐고? 젠장, 지금 눈앞에 있잖소!]

[사실 미스터 매덕스의 말대로 가능성에 대한 여러 가지 논란이 있지만 현실에 이미 존재하는 걸 두고 가능성을 논하는 것도 웃기긴 합니다.]

[가능성? 엿 같은 토니 그윈이 체인지업을 구분하는 걸 누가 설명할 수 있지?]

⏺

그렇게 스위치 피칭의 장점과 단점 그리고 가능성이 온라인과 오프라인으로 쉴 새 없이 메아리친 4월 8일 일요일 밤.

"오? 생긴 것도 괜찮잖아?"

영화계에 한 획을 그을 블록버스터의 개봉을 앞두고.

막간의 휴식을 취하고 있던 검은 미망인의 두 눈이 휘었다.

그리고 잠시 뭔가를 고민하는 듯 핸드폰을 바라보던 그녀는, 이내 터치패드를 누르기 시작했다.

"흠, 번호가 어디 있더라……?"

그녀가 찾는 것은, 누군가의 번호.

그녀와 마찬가지로 매력적인 이성에게 다가가기를 주저치 않는 누군가의 번호였다.

띠리링-!

"오랜만이에요. 잘 지냈어요?"

복수를 끝낸 복수자의 시선이 야수 같은 몸을 가진 동양인에게로 향했다.

⏺

수많은 사람의 시선이 김신의 양손으로 향하고 있던 그 시각.

김신은 조 지라디 감독과 독대하고 있었다.

"……이제야 좀 루키 같은 표정을 짓는군."

잠시간 앞에 앉은 김신을 물끄러미 바라보던 조 지라디 감독이 뱉은 말에 김신은 그제야 자신의 입꼬리가 귀에 걸려 있다는 사실을 알아챘다.

"이게 내려오질 않네요."

"그럴 만도 하지. 축하하네."

"감사합니다."

수많은 위업을 이룬 날이기에 당연하다면 당연한 일이었으나, 김신의 속마음은 그것과는 또 한 차원 달랐다.

지난 생, 끝내 이루지 못했던 염원 중 하나인 퍼펙트게임.

이번 생에서 반드시 이루어 나가야 할 염원인 양키스의 부흥.

정해진 패배를 승리로 바꾼 오늘.

지난 염원은 이루어졌고, 새로운 염원은 첫발을 떼었으니까.

히죽–!

입꼬리가 귀에서 내려올 리가 없었다.

'뭐, 오늘 정도는…….'

아무리 갈 길이 멀다 하더라도 항상 마운드에서와 같은 투쟁심으로 무장한 채 살아간다면 언젠가는 부러지는 법.

김신은 경기장에서뿐만 아니라 밖에서도 완급 조절을 할

줄 아는 남자였다.

그리고.

'다 가지면 되지. 이제 시작이다.'

계속해서 웃는 김신의 모습에 함께 미소 지으며, 조 지라디 감독은 탁자에 하얀 물체 2개를 꺼내 놓았다.

툭-!

"받게."

"아! 챙겨 주셔서 감사합니다!"

그게 무엇을 의미하는지 재깍 눈치챈 김신이 고개를 숙일 찰나.

"쯧, 루키 같은 면은 잠깐이구먼."

조 지라디 감독은 혼잣말처럼 푸념을 늘어놓았다.

"하하……."

사상 최초 데뷔전 퍼펙트를 달성하고 수많은 기록을 갈아 치웠으며 전대미문의 스위치 피칭을 펼친 루키가.

그 기쁨에 매몰되어 있어도 모자랄 젊은이가, 자신이 내놓은 것이 퍼펙트게임 기념구와 스위치 피칭 기념구라는 것을 곧바로 알아챈 듯 보였으니까.

'도대체 속에 뭐가 들어 있는 거야?'

조 지라디 감독은 잠시 고개를 갸웃했지만.

"그럼 본론으로 들어가지."

그는 자신이 해야 할 일을 잊지 않는 남자였다.

"처음 공을 잡을 때부터 스위치 피칭을 생각했다고 했지?"

"예, 그렇습니다."

"그렇다면 묻겠네. 스위치 피칭을 계속할 셈인가?"

한껏 진지해진 그 태도에 김신 또한 자세를 바로 하고 답했다.

"예."

"구단 입장에서는 부상이나 투구 밸런스의 붕괴에 대한 우려를 안 할 수가 없다는 건 알고 있겠지?"

"압니다. 하지만 감독님께서도 보셨을 테지만, 제 메디컬 테스트 기록은……."

"봤네. 하나 그것은 현재의 자네를 말해 줄 뿐, 미래의 자네를 말해 주지 않아."

김신의 말을 끊어 낸 조 지라디 감독은 몸을 숙이며…….

"그러니 알려 주게."

"……?"

"자네를 위해 내가 해 줘야 할 게 무엇인지를."

전폭적인 지원을 약속했다.

"그리고 약속하게, 조금이라도 이상이 생길 경우 즉각 스위치 피칭을 중지할 것을."

모든 것은, 양키스의 찬란한 미래를 위해.

잠시 그 타오르는 눈을 바라보던 김신의 입이 천천히 열렸다.

"휴식일은……."

"힘들 텐데 잡아 둬서 미안하네. 가서 쉬게."

"예, 감사합니다. 감독님도 쉬십시오."

달칵-!

기나긴 독대를 마치고 나온 김신은 잠시 그 앞에 서서 닫힌 방문을 바라보았다.

'글러브를 챙겨 둬라……라니.'

휴식일과 훈련 방법 등 도와 줘야 할 사항들을 꼼꼼히 체크한 조 지라디 감독이 마지막에 한 말은.

역사적인 물품이 될 테니 오늘 사용한 글러브를 잘 챙겨 두라는 말이었다.

'역시 좋은 감독이다.'

꼰대 스포츠인 야구계에서 잔뼈가 굵은 인물이 오늘과 같은 김신의 돌발 행동을 승인한 것도 모자라 앞으로의 전폭적인 지원까지 약속하고 제반 사항을 꼼꼼히 챙기고 있다.

게다가 경기에서 던졌던 공인구는 물론, 글러브까지 신경 써 주었다.

김신은 그 모든 것이 무엇을 위해 행해졌는지 잘 알고 있었다.

'등번호를 바꿔 달라 이건가?'

그것은 바로 김신의 염원과 꼭 같은 것.

양키스의 우승.

하지만 김신은 그 염원을 곧이곧대로 이뤄 줄 생각이 없었다.

'한 번으로 만족하실 건 아니죠, 감독님?'

그는 고작 한 번으로는 성에 차지 않았으니까.

우우우웅―!

그러나 오늘은 그야말로 '김신 데이'.

주머니 속에 들어 있는 전화기가 밤은 짧다는 듯 김신의 상념을 깨워 냈다.

존경하는 아버지

그리고 핸드폰 화면에 떠오른 발신자의 이름에 잠시 시선을 두던 김신이 미소와 함께 고개를 드는 찰나.

"여어, 폼 잡는 건 끝났어?"

오늘 그의 퍼펙트게임에 가장 큰 일조를 한 남자가 그를 불러 왔다.

"캡틴?"

"한잔할까?"

그 손에 들린 것은 몇 개의 맥주병.

김신은 고개를 저으며 부정의 의사를 표했다.

"저 아직 술 못 먹습니다."

하지만 양키스의 사려 깊은 캡틴은.

"알아. 그래서 준비했지."

다 자신의 손바닥 안이라는 듯 점퍼 주머니에서 우유병을 꺼내는 것이었다.

"이 정도면 충분하지?"

"……."

김신은 어쩔 수 없음에 핸드폰을 다시 주머니에 넣었다.

'전화는 나중에 드려야겠군.'

데릭 지터가 무슨 말을 할지는 대충 예상이 가는 바였으나, 오늘 일에 대한 감사를 담아 김신은 고개를 끄덕였다.

김신은 지터의 방에 들어섰다.

데릭 지터는 예상대로의 말들을 늘어놓았다.

베테랑이 촉망받는 루키에게 전할 만한 내용이었다.

이미 지터와 같은 위치에 있어 봤던 김신에게는 딱히 필요 없는 조언이었으나.

수업 범위를 선행 학습으로 모조리 독파하고도 성실히 수업을 듣는 모범생처럼, 김신은 연신 동의의 말들을 입에 담았다.

"명심하겠습니다."

"그렇게 하겠습니다."

"조언 감사합니다."

하지만 별일 없이 흘러가던 대화 속, 김신이 예상조차 하지 못했던 이야기가 튀어나왔으니.

"누구……요?"

"몰라?"

"아니, 모르는 건 아닌데…… 제가 듣기론 그분하고 캡틴이…….."

"그건 그냥 흔한 해프닝이고. 이제 우리 그런 사이 아니야. 그냥 친구야, 친구."

"…….."

추진력 강한 요원의 손길이 하룻밤 만에 타깃에 닿았다.

4월 9일 새벽.

아직도 흥분에 겨운 야구팬들이 광기에 찬 인터넷 세계를 유영하고.

김신이 데릭 지터에게 끌려가 우유를 마시며 조언을 듣고 있던 그 시각.

　'이게 말이 돼?'

　어떤 감정으로 잠을 못 이루는 사람이 있었다.

　'어떻게 그럴 수가 있냐고!'

　그의 이름은 프란시스코 서벨리.

　그의 가슴을 가득 채운 감정은.

　'세상이 이렇게 불공평할 수가 있나!'

　차라리 솔직하기까지 한 시기와 질투.

　'누구는 약까지 먹고 하는데도 안 되는데, 누구는……!'

　2008년부터 쭉 양키스의 백업 포수로 뛰면서 단 한 번도 주전의 자리를 차지하지 못한 비운의 선수.

　그러나 주전이 되고 싶은 열망을 아주 안 좋은 방향으로 이루려 한 선수.

　잠을 못 이뤄 이리저리 뒤척이던 프란시스코 서벨리는 순간 자리에서 벌떡 일어나 앉았다.

　'약? 약이라고?'

　그리고 심각한 표정으로 턱을 쓰다듬던 프란시스코 서벨리의 입가에 웃음이 담긴 것은.

　'그래, 그렇지 않고서야 말이 안 되지! 김신, 이놈!'

　잠시 뒤의 일이었다.

스윕 패로 끝났어야 할 템파베이와의 시리즈 마지막 경기에서 신승(辛勝)을 거둔 뉴욕 양키스.

고작 단 한 번의 승리였지만 그것이 양키스에 미친 영향은 막대했다.

볼티모어 오리올스의 홈구장, 오리올 파크에서 펼쳐진 3연전.

시즌 시작과 동시에 미네소타에게 3연승을 거두고 기세를 탔던 볼티모어를.

1차전, 8-1 승리.

2차전, 6-3 승리.

3차전, 4-2 승리.

가볍게 3연승을 거두며 압살해 낸 것이다.

야구는 분위기의 스포츠.

루키급 선수는 물론 베테랑 선수까지.

전무후무한 기록을 달성해 낸 김신의 영향을 받은 것이었다.

그로 인해 초반 2연패를 하며 리그 최하위로 처박혔던 양키스는 공동이긴 하지만 아메리칸리그 동부 지구의 선두까지 치고 올라갔고.

4승 2패라는 나쁘지 않은 성적으로 뉴욕에 돌아올 수 있었다.

그리고 4월 13일.

LA 에인절스와 이번 시즌 첫 홈 경기가 있는 날.

김신은 아침부터 지난 생 지겹도록 보아 왔던 그레이트 홀에 서 있었다.

셔츠와 청바지의 평범한 캐주얼 차림에 모자, 선글라스로 정체를 숨긴 채.

"정말 한 번도 본 적이 없다고요?"

"네, 정말로요. 처음이에요."

혼자가 아닌 금발의 미녀와 함께.

'이번 생에는 처음이지.'

그녀의 이름은 캐서린 아르민.

김신과 지난 생 아슬아슬한 '썸'을 탔던 주치의.

그때는 여러 가지 이유로 다가가지 못한 김신이 처음으로 용기를 내 데이트 신청을 한 것이었다.

그 명목은 양키 스타디움의 안내.

물론 김신은 어엿한 메이저리거고, 구단에 요청한다면 안내뿐만 아니라 더한 것도 얻어 낼 수 있었을 것이다.

더군다나 이미 눈 감고도 훤히 아는 집을 구태여 왜 안내받겠는가.

모든 것은 캐서린과의 만남을 위한 명분일 따름.

아름다운 외모 덕에 어렸을 때부터 수많은 남자의 수작질을 경험해 왔던 캐서린에게는 그의 속내가 훤히 보였지만.

'귀엽기는.'

데뷔전 퍼펙트게임이라는 전대미문의 기록을 세운 팀의 기대주이자.

운동으로 단련된 탄탄한 몸과 나름 준수한 외모를 가진 김신이기에 흔쾌히 나선 것이었다.

'연하란 이런 건가? 생긴 것하고 다르게 앙큼하긴.'

속으로 웃음 지은 캐서린은 한술 더 떠 김신의 손목을 잡고 이끌었다.

"그럼 여기부터 봐야죠. 저기! 저기 야구의 신이 있네요."

그레이트 홀을 지키는 양키스의 전설.

야구의 신이라 불리는 남자, 베이브 루스에게로.

"베이브 루스는 알죠? 이전 양키 스타디움은 베이브 루스가 지은 집이라고 불렸었어요."

"네, 그건 알고 있습니다."

그레이트 홀에 걸린 선수들의 면면을 마주하자마자, 캐서린은 신이 난 어린아이처럼 그들의 역사를 미주알고주알 풀어놓기 시작했다.

"저기 조 디마지오 보여요? 옛날에 조 디마지오가 전성기일 때는 매일 신문에 대서특필됐대요. 오늘은 안타를 쳤나 안 쳤나 매일요."

전생이 생각나는 듣기 좋은 목소리와 현생이 체감되는 그녀의 앳된 외모를 바라보며, 김신은 생각했다.

'이번엔 어떻게 가까워지지?'

이전 생 두 사람이 가까워졌던 계기는, 물론 야구도 있지만 김신이 전직 의사였다는 점도 톡톡히 한몫했다.

하지만 현재 김신의 나이는 고작 만 19세.

다짜고짜 수준 높은 의학적 지식을 얘기하기엔 개연성이 안 맞는다.

"여기 이 사람은 요기 베라예요. 얼굴은 몰라도 이 말은 알죠? '끝날 때까지 끝난 게 아니다.'."

"예, 압니다. 그게 이 사람이 한 말이었군요."

"맞아요. 정말 명언이죠."

현직 의사는 야구에 대해 열변을 토하고, 현직 야구선수는 머릿속으로 의학 지식들을 떠올리는 괴상한 상황.

그때 김신에게 기회가 찾아왔다.

"이 선수는 루 게릭이라는 선수예요. 아시죠? 루게릭병이라고. 참 안타까운 일이죠."

"압니다. Amyotrophic Lateral Sclerosis(ALS: 근위축성측색경화증) 아닙니까?"

김신의 입에서 튀어나온 정확한 병명에 놀라는 캐서린.

"어? 정식 병명을 알아요?"

김신은 마운드에서뿐만 아니라, 평상시에도 기회를 놓치지 않는 남자였다.

"야구선수가 되기 전에는 의사가 꿈이었습니다."

"와, 진짜요? 의원데요?"

"뭐가 말입니까?"

"아니, 정식 병명까지 기억할 정도면 공부를 많이 했겠구나 싶기도 하고……. 공부는 손에서 놓고 야구만 해도 지금 김신 선수 정도로 하기 힘들 것 같기도 하고……."

"한국에서는 저 같은 사람을 문무겸전(文武兼全)이라고 하더군요."

"오, 뭉무켬전. 멋있어요."

"문무겸전입니다."

"어쨌든요."

놀라 눈이 동그래졌던 것도 잠시, 캐서린의 시선이 다시 그레이트 홀에 걸린 루 게릭의 걸개로 향했다.

"아프면 저한테 바로바로 말해요. 열심히 해서 여기 걸려야 하지 않겠어요?"

"……예, 알겠습니다."

캐서린의 시선을 받는 걸개를 향해.

김신의 눈빛이 서늘하게 빛났다.

◉

4월 13일. 양키스의 2012시즌 첫 홈경기는 구로다 히로키의 호투에 힘입어 5 대 0 낙승으로 끝이 났다.

그리고 다음 날. 김신의 첫 홈 등판일.

로커 룸에 앉아 이미지트레이닝을 끝낸 김신은 어제를 복기했다.

'어렸을 땐 더 야구에 미쳐 있었구먼.'

캐서린과의 달콤한 데이트.

얼마 뒤면 전 세계적으로 유명해질 슈퍼스타와의 만남을 차 버리고 가진 자리였지만, 김신에게는 충분히 가치가 있는 일이었다.

그러나 그 간질간질한 시간을 떠올리던 김신은 순간 머리를 긁적였다.

'……만나는 볼 걸 그랬나?'

김신도 남자인 바, 지금은 야구에 집중하고 싶다는 이유로 지터의 제안을 정중히 거절하면서 사라져 버린 월드스타와의 염문에 대한 아쉬움이 없을 수는 없었던 것이다.

하나 그녀의 뇌쇄적인 미모와 누구라도 반하게 만드는 허스키 보이스를 떠올리던 김신은 이내 고개를 저었다.

'아냐, 나에게 필요한 건 트로피가 아니라 동반자다.'

야구선수라고 해서 성향이 없을쏘냐.

데릭 지터처럼 수많은 염문을 뿌리는 선수가 있는가 하면 클레이튼 커쇼처럼 조강지처와 결혼해 일찍이 안정된 가정을 꾸리는 선수도 있는 법.

잠깐의 아쉬움을 쉽사리 마음속에서 지워 낸 김신은 천천히 자리에서 일어났다.

데릭 지터의 조언, 그 스스로도 필요하다 생각한 조언을 따르기 위해.

팀과 하나가 돼라.

당장에야 가장 나서서 타박해야 하는 사람들이 침묵하고 있고, 그가 세운 압도적인 기록의 여파가 남아 있어 별문제 없지만.

그가 독단적인 행동을 한 것은 고작 며칠 전.

전부는 아니겠지만 몇몇 팀원은 낙하산인 데다 돌발 행동까지 한 그를 고깝게 보고 있을 게 뻔했다.

그리고 꼰대 스포츠인 야구에서 그가 염원하는 제국의 재건을 위해서는 팀워크를 해치면 안 됐다.

그래서 김신은 퍼펙트게임을 이룬 다음 날부터 부지런히 발품을 팔았다.

그 결과, 박천후와의 친분을 바탕으로 이미 가족의 사진까지 나누는 사이가 된 조바 체임벌린을 제외하고도 몇 가지 성과를 얻을 수 있었는데.

"오늘도 잘 부탁드립니다, 마틴."

"내가 할 말이야, 킴."

첫 번째.

고스란히 남겨 두었던 계약금으로 산 롤렉스와 역대급 기록의 조력자라는 타이틀이 도와준 덕에 다짜고짜 날아온 언더핸드 투수의 공에 화들짝 놀랐던 포수 러셀 마틴과 썩 괜찮은 수준의 친교를 나눌 수 있었다는 것.

"킴, 진짜 체인지업 안 배워 볼래? 너 그라운드볼 유도할 만한 구종은 없잖아."

"미스터 사바시아, 오늘 선발 예정인 투수한테 그러는 건 실례입니다."

두 번째.

전대미문의 기록을 세운 그를 눈여겨보던 현재 양키스의 원투펀치.

C. C. 사바시아와 구로다 히로키에게 인정을 받기 시작했다는 것.

'어휴, 진짜…….'

물론 스스로에 대한 강력한 자부심을 가진 김신으로서는 답답하기 그지없는 일이었지만.

'조금만 참자.'

어차피 조금의 시간만 지나도 더 이상 이런 데 신경 쓸 필요는 없어질 테니까.

김신은 그렇게 만들 자신이 있었다.

"우리 구장의 특성상 플라이볼만 있으면……."

"아무리 그래도……."

김신은 자신들만의 대화로 빠져 드는 두 투수를 떠나, 그의 가슴을 시원하게 뚫어 주는 마지막 '성과'에게 다가갔다.

"가드너 씨, 잘 부탁드립니다."

"오, 킴! 하하! 걱정하지 말라고! 나만 믿어, 나만!"

"하하……."

브렛 가드너.

현재 데릭 지터가 맡고 있는 리드오프 자리를 이어받을 순혈의 프랜차이즈.

메이저리그 최정상급 수비력에 빠른 발, 준수한 콘택트 능력과 선구안을 가진 뭐 하나 빠지지 않는 절정의 외야수.

그리고 곧 양키스라는 군대를 지휘하게 될 열혈의 대장군.

"킴! 불펜 피칭 시간이다!"

"코치가 부르는군. 어서 가 봐."

"예, 그럼……."

그러나 대화는 훈련 시작 전 막간일 뿐.

뻐엉-!

공을 손에 잡고, 던지는 순간부터 김신에게 말을 걸 수 있는 사람은 이미 클럽하우스에 아무도 없었다.

뻐엉-!

그가 이뤄 놓은 전무후무한 기록이.

그가 온몸으로 뿜어내는 장엄한 기세가.

그의 손에서 뻗어 나온 공이 만들어 내는 강렬한 포구음이.

뻐엉—!

모두에게 느끼게 했으니까.

'그레이트 홀? 고작 그 정도로 만족할까 보냐!'

그 안에 도사리고 있는 강렬한 욕망을, 의지를.

'기념비를 만들도록 해 주지!'

뻐엉—!

2012년 4월 14일.

자신의 '홈 데뷔전'을 위해 김신의 양어깨가 달아올랐다.

〈김신, LA 에인절스와의 2차전 출격! 이미 3선발 확정?〉

◎

"후우······."

경기 시작 직전, 김신은 가만히 손안에서 공을 굴리며 며칠 전 캡틴 데릭 지터가 마지막으로 남긴 말을 떠올렸다.

'앞으로 잘 부탁한다······라.'

일견 가벼운 인사말로 보이지만.

선발 출전한 당일 늦은 밤에 감독과 면담하고 나온 루키를 부러 찾아와서 건넨 마지막 말이라는 점.

그리고 그 당시 보여 줬던 지터의 의미심장한 분위기와 이후 대우를 생각하면.

'벌써부터 점찍어 두려는 건가.'

지터가 그에게 무엇을 기대하는지는 예상이 가는 바였다.

바로, 다음 세대를 이끌 '리더'의 자리.

정확히는 그 후보 정도.

그가 보여 준 압도적인 기량과 루키답지 않은 면모가 만들어 낸 성과라면 성과겠지만.

'그건 내 역할이 아냐.'

김신은 리더 역할에 어울리는 사람이 아니었다.

그에게 어울리는 것은 오직.

에이스.

때로는 팀의 연패를 끊어 내고.

때로는 팀의 연승을 견인하는.

절대 질 것 같지 않다는 믿음을 온몸으로 받아들여 적에게 내뿜는 우상.

굳건히 그 자리에 존재하는 것만으로도 팀의 사기를 북돋는 상징과 같은 존재.

'그리고 검증된 사람도 있는데 내가 왜 사서 고생을 해?'

물론 김신이 미래의 양키스를 보지 못했다면 또 모르겠지만.

미래의 양키스는 비록 우승은 하지 못했더라도 어려운 시기에 빛나는 모습으로 팀을 이끌던 두 명의 캡틴이 있었다.

'굳이 나서서 분란을 만들 필요도, 고생할 필요도 없다.'

한 명은 이미 25인 로스터에 확고히 자신의 자리를 만든 브렛 가드너.

그리고 또 한 명은…….

아직은 마이너에 있지만, 그와 선수 생활을 함께했던 '포수' 출신 지명타자.

"캡틴을 좀 빨리 불러 올려야 하는데."

그저 그에게 지지를 보내는 것만으로도 그들을 통해 양키스라는 팀은 하나로 뭉칠 것이다.

그러니 그가 쟁취해야 할 것은 오직 적의 수급(首級)뿐.

아직은 먼 미래, 두 사람의 늠름한 모습을 머릿속에 떠올리며 손안의 공을 꽉 쥔 김신은 천천히 걸음을 옮겼다.

그를 기다리고 있는 10인치의 흙더미를 향해.

오늘 그의 상대는 LA 에인절스.

바로 올해, 메이저리그 역사상 최강의 타자가 용틀임을 할 팀.

하지만.

'아직 그는 없지.'

김신과 치열한 신인왕 경쟁을 펼쳐야 할 그 타자는 아직 마이너에 있는 상황.

그런데도 진다면 제국의 상징이 될 자격은 없는 것이 아니겠는가.

'미래는 바뀐다.'

원래라면 패배했을 미래를 바꾸기 위해. 팀의 연승을 이어 가기 위해.

돌아온 뉴욕의 왕자가 마운드에 올랐다.

고향의 마운드에.

"플레이볼!"

이번 생에는 왕자가 아닌, 다른 존재가 될 남자가.

[오래 기다리셨습니다! 오늘은 양키 스타디움에서 펼쳐지는 뉴욕 양키스 대 LA 에인절스, LA 에인절스 대 뉴욕 양키스의 경기로 찾아뵀습니다. 오늘 경기, 어떻게 보십니까?]

[김신 선수가 과연 지난 데뷔전의 임팩트를 이어 갈 수 있느냐, 이것이 포인트라고 봅니다.]

1회 초.

홈팀의 수비 이닝.

핀스트라이프들이 하얀 물결을 이룬 양키 스타디움에 훤칠한 동양인 투수가 모습을 드러냈다.

[피쳐! 넘버 92! 신~ 킴!]

그리고 장내 아나운서의 외침이 울려 퍼지자, 그 흰 물결들이 너울치기 시작했다.

"와아아아아아-!"

"집에 잘 왔다!"

"오늘도 퍼펙트해 버려!"

저마다 한마디씩을 내뱉는 열성팬들.

그 사이에서, 양키스의 극성팬 세 명이 천천히 노래 하나를 읊조리기 시작했다.

"Kim Will Rock You!"

삼인성호(三人成虎)라 했던가.

전설적인 한 밴드의 명곡을 개사한 그 응원가는 세 사람으로부터 시작해 조금씩 퍼져 나가더니.

"Kim Will Rock You!"

마침내 경기장을 가득 메우고도 모자라, 대기까지 울리기 시작했다.

그 장엄한 광경에, 그것을 처음으로 기획한 남자.

데이비드 콘돌은 만면에 웃음을 머금었다.

'흐흐. 킴, 퀸 이름도 비슷하고 아주 좋구먼.'

본디 〈We Will Rock You〉라는 곡 자체가 응원가로 자주 쓰이는 곡이기도 한 데다, 사전에 두 친구와 함께 양키스 팬 커뮤니티에서 홍보에 열을 올린 덕에 펼쳐진 흡족한 광경.

한국과는 달리 선수 개인을 위한 응원가를 거의 부르지 않는 메이저리그에서는 자주 볼 수 없는 특별한 광경이었다.

'별명은 뭐가 좋을까?'

인터넷에 돌아다니는 수많은 별명들을 머릿속에 떠올리면서.

데이비드 콘돌은 자화자찬하며 목이 터져라 노래를 계속했다.

그리고 잠시 후.

열렬한 구애가를 바친 팬들에게, 최고의 포상이 떨어졌으니.

스윽-!

SNS도 하지 않고, 수훈 선수 인터뷰 이외의 외부 활동은 일체 하지 않아 팬들을 안달 나게 했던 고고한 스타가.

"감사합니다!"

모자를 벗고 고개를 숙인 것이었다.

"Kim Will Rock You!"

그에 팬들은 다시 한번 응원가로 화답했고.

김신은 기시감이 느껴지는 그 응원 소리에 조용히 눈을 감았다.

'우연인가, 아니면 필연인가.'

지난 생에서도 그를 위해 만들어졌던 그 노랫소리가 이번 생에서도 울려 퍼진다는 현실에 잠시 특별한 감회를 느낀 것이었다.

던지고, 치고, 달리는 놀이를 스포츠로 있을 수 있게 만들어 주는 존재.

팬이라는 그 존재가 자신에게 전해 오는 열렬한 환호에, 김신은 마음속으로 더욱 깊게 고개를 숙였다.

'잠시만 기다려 주십시오.'

그들의 바람을 기필코 이뤄 줄 것을 다짐하며.

"킴, 이제 연습 투구 시작해야 해."

그러기 위해선, 더 이상 감상에 빠질 시간은 없었다.

김신이 포수 러셀 마틴의 부름에 눈을 뜬 순간.

그 안에는 다시 채워지지 않는 갈증이 불길이 되어 일렁이고 있었다.

뻐엉-!

"처음부터 너무 힘 빼는 거 아냐?"

그 뜨거운 공에 포수 러셀 마틴은 응원에 취한 김신이 무리하는 건 아닌지 걱정했지만.

"괜찮습니다."

40대의 나이로 풀 시즌을 치르고, 사이 영 상을 손에 쥔 관리의 신에게 그것은 모욕일 뿐.

오히려 김신은 매우 냉정한 상태였다.

'사실은 오늘이 진짜 데뷔전이나 마찬가지.'

지난 경기, 데뷔도 치렀고 스위치 피칭도 선보였지만 1회부터 스위치 피칭을 행하지는 않았다.

그러니 앞으로 십여 년을 함께할 집에서 1회부터 스위치 피칭을 선보이는 오늘이.

그의 진정한 데뷔전이자 스스로 행하는 확인의 날이 되리라.

[나우 배팅! 넘버 2! 에릭 아이바!]

그리고 고요히 기세를 가다듬고 기다리던 김신의 앞에.

얼마 전 그의 퍼펙트게임을 완성시켜 준 누군가와 같은 등번호, 같은 포지션, 같은 타순을 가진 남자가 타석에 들어섰다.

'이것도 우연인가.'

하지만 포지션, 백넘버, 그리고 타순까지 동일하다 해도 그 능력은 그야말로 천양지차.

뻐엉—!

집주인 막내아들의 왼손에서 뿜어져 나온 강속구가, 불청객들을 윽박질렀다.

🏐

스위치히터.

좌우 양손으로 타격할 수 있는 타자를 이르는 말.

스위치피처는 메이저리그 역사에 손가락으로 꼽을 수 있지만, 스위치히터는 현역만 치더라도 열 손가락이 넘어간다.

그리고 에릭 아이바 또한 그중 하나.

'쳇, 귀찮게.'

뉴 양키 스타디움.

야구의 신이라 불리는 사나이, 베이브 루스가 지었던 과거의 집을 헐어 버리고 조지 스타인브레너가 지은 새로운 양키스의 스위트 홈.

그 안마당에서, 하룻밤 만에 일약 양키스의 희망으로 떠오른 막내가 몸을 틀었다.

그러자.

[아. 에릭 아이바 선수. 김신 선수의 투구 방향을 보고 타격 방향을 바꾸네요.]

[밴디트 룰이 실제 적용되는 모습을 보게 되는군요.]

어디 던져 보라는 듯 좌타석에 들어서서 김신을 쏘아보는 LA 에인절스의 1번 타자.

그 순간, 김신은 전력분석팀에서 전해 줬던 분석 자료를 떠올리고 있었다.

'초구를 노리는 경향이 많다고 했나.'

2000년대 초반, 빌리 빈이라는 걸출한 단장의 성공과 함께 메이저리그엔 세이버메트릭스로 대표되는 '분석'과 '데이터'의 바람이 불었다.

그에 기술의 발전이 더해진 2010년대.

투수도, 타자도 한 경기 한 경기마다 일거수일투족이 현미경으로 파헤쳐지는 시대.

우완 언더핸드는 몰라도 김신의 좌완 오버핸드 피칭은 철

저한 분석을 거쳤을 것이었다.

예를 들면 초구엔 바깥쪽 낮은 코스의 포심 패스트볼로 스트라이크를 잡는 걸 즐긴다는 것.

또는 포심 패스트볼 구사 비율이 비정상적으로 높다는 것.

아마 그래서겠지만…….

'거참, 그래도 너무 노골적인 거 아냐?'

경기 시작 전 머릿속에 박아 넣은 데이터가, 타자가 내보이는 표정이, 눈빛이, 타이밍을 잡기 위해 건들건들 흔들리는 방망이가…….

그에게 알려 오고 있었다.

자신을 노려보고 있는 이 타자는 포심 패스트볼을 노려 쳐서, 건방진 루키의 첫 안타를 빼앗아 내고 싶어 안달이 나 있다고.

그리고 수없는 난관을 극복해 온 그의 직감이 그 분석에 고개를 끄덕였다.

만약 김신이 어제 막 데뷔전을 치른 루키라면, 그것은 훌륭한 판단이다.

첫 등판에서의 크나큰 성공.

훤히 보이는 로열로드를 걷지 않고 모험을 택할 루키는 없다고 해도 과언이 아니니까.

하지만.

'나는 김신이다.'

김신의 공이 노려서 칠 수 있는 공이었으면, 그가 어떻게 사이 영 상을 차지했겠으며 양키스 팬들이 그의 나이를 왜 그렇게 아쉬워했으랴.

　김신은 충분히 눈앞에 선 먹잇감을 힘으로 찍어 누를 자신이 있었다.

　"흐읍-!"

　외마디 기합과 함께, 그 어느 때보다도 격렬히 김신의 팔이 흔들렸다.

　그리고 노리고 있던 코스로 날아드는 김신의 공에 에릭 아이바의 방망이가 거침없이 돌았다.

　따악-!

　[초구 타격! 빗맞은 타구! 3루수 알렉스 로드리게스, 잡아서 1루에! 아웃! 단 1구로 손쉽게 첫 번째 아웃 카운트를 잡는 김신 선수!]

　[이건 타자가 완전히 속았네요. 포심을 기다렸던 것 같은데, 슬라이더였습니다.]

　하지만 뛰어난 사냥꾼은 드러난 적의 약점을 놓치지 않는 법.

　먹잇감이 처량하게 왼 다리에서 피를 흘린다고 해서 그걸 안 잡아먹을 수야 있나.

　'굳이 힘으로 할 필요가 없지.'

　피칭은 귀와 귀 사이에 존재하는 뇌라는 기관으로 하는 것.

　'교수님만큼은 못하더라도…….'

비록 그 말을 남긴 마스터, 그렉 매덕스 정도는 아닐지라도.

김신은 강속구만 믿고 힘으로 윽박지르기만 하는 투수가 아니었다.

오히려 등 뒤를 적극적으로 노리는 범과 같은 남자였지.

농락당한 먹잇감을 생각하며 김신이 흡족히 웃는 사이, 다음 타자가 타석에 들어섰다.

[나우 배팅! 넘버 47! 하위 켄드릭!]

방금 낭패를 본 에릭 아이바와 키스톤 콤비를 이루는 2루수, 하위 켄드릭.

한때 황금의 내야진이 될 것이라고 평가받던 에인절스 동기들 중 유일하게 살아남은 올스타급 선수.

'확실히 템파베이랑은 달라.'

퍼펙트게임의 긴장감 역시 물론 막대했지만, 에반 롱고리아를 제외하고는 굳이 생각조차 할 필요가 없던 식물 타선 템파베이와는 수준부터 다른 타선.

하지만 오히려 김신은 지금이 더 즐거웠다.

뛰어난 업적을 세우는 것과는 다른 종류의 쾌감, 강한 적과 싸워 그를 쓰러트리고 자신을 증명하는 쾌감을 느낄 수 있었으니까.

한 대도 맞으면 안 된다는 부담감을 떨쳐 버리고, 야구라는 스포츠를 즐길 수 있었으니까.

'그 녀석이 없는데도 이 정도라…….'

언젠가 만날 맞수를 떠올리며, 김신이 다리를 들어 올렸다.

'이번에는-!'

부우웅-!

"스트라이크!"

[아, 이번엔 커브입니다! 초구로 커브를 구사한 건 처음 아닌가요?]

[맞습니다. 오늘 김신 선수, 자신에게 포심 패스트볼만 있는 게 아니라는 걸 보여 주고 있네요.]

분석과는 전혀 다른 김신의 투구 패턴에 하위 켄드릭의 표정이 일그러질 찰나.

김신의 제2구가 날아들었다.

뻐엉-!

"스트라이크!"

[아, 이번 경기 첫 포심이 바깥쪽 스트라이크존을 정확히 파고듭니다!]

[김신 선수, 스위치 피칭에 가려져 있지만 역시 제구력이 상당해요! 정확히 걸치는 것 좀 보세요!]

[제구가 되는 좌완 파이어볼러, 사실 이것만으로도 대단한 거거든요? 김신 선수, 비록 경기 초반이지만 지난 경기를 생각나게 할 만큼 좋은 피칭을 펼치고 있습니다!]

그리고 제3구.

뻐엉-!

바깥쪽으로 빠지는 듯하다가 존 안에 걸치는 백도어 슬라이더.

[루킹 삼진! 김신 선수, 순식간에 2개의 아웃 카운트를 적립합니다!]

[지난번과는 상당히 다른 투구 패턴을 구사하고 있는 것 같습니다. 결정구는 슬라이더였군요.]

투아웃.

대기 타석에 있던 타자가 천천히 배터 박스로 걸어 들어갔다.

3회의 MVP를 뒤로하고 내셔널리그 세인트루이스를 떠나, 아메리칸리그에 새로 둥지를 튼 레전드가.

알버트 푸홀스(Albert Pujols).

올스타는 물론이거니와 MVP, 신인왕, 실버 슬러거, 골든 글로브, 행크 아론 상, 로베르토 클레멘테 상, 타격왕, 홈런왕, 타점왕 등등 상이란 상은 모조리 쓸어 담은 선수.

기계(The Machine)라 불리며 메이저리그 역사상 손에 꼽힐 만한 아름다운 10년을 보낸 대타자.

그러나 대기 타석에 들어서서 자세를 잡는 그를 바라보며, 김신은 연민의 눈빛을 보냈다.

'이제부터 폭락이 시작될 줄은 그 누구도 모르고 있겠지.'

만인의 기대를 받으며 10년 2억 4천만 달러의 초대형 계약을 맺고 이적했지만.

하늘을 향해 높이 날았기에, 더욱 처절하게 추락했던 이카루스처럼 최악의 10년을 보내게 될 안쓰러운 선수.

하지만.

그럼에도 불구하고 꿋꿋이 버티고 또 버텨 내어 끝끝내 3천 안타라는 금자탑을 쌓아 올리고.

호프집으로 직행했던 의지의 사나이.

그 발버둥이 자신과 너무나 닮아 있었기에, 김신은 푸홀스라는 선수를 좋아할 수밖에 없었다.

그래서 할 수 있는 최선의 존중을 표하기로 했다.

바로 일말의 사심 없이 전심전력으로 부딪치는 것.

[김신 선수, 이번에도 좌완으로 던지는군요. 와인드업!]

노화를 겪기 시작하는 타자에게 가장 효과적인 공.

100마일을 상회하는 포심 패스트볼이 김신의 손끝에서 뿜어졌다.

뻐엉-!

"스트라이크!"

[102마일! 김신 선수의 최고 구속이 1회 초에 터져 나옵니다!]

[스위치 피칭의 장점이죠. 1회부터 전력으로 투구해도, 양팔로 부담이 나뉘기 때문에 충분히 6회 이상을 바라볼 수 있습니다!]

하지만 배트도 움찔하지 못하고 스트라이크를 내 준 푸홀스는 형형히 눈을 빛냈다.

이제 만 32세.

26세부터 하락하기 시작하는 신체 지표와 꾸준히 상승하는 기술 지표가 만나 최고점을 찍는 골든크로스를 지나, 끝없는 추락만이 기다리는 에이징 커브가 시작될 나이.

하나 푸홀스는 추호도 그렇게 생각하지 않았다.

바로 직전 2011년까지도 그는 팀을 월드시리즈 우승으로 이끈, 메이저리그 최정상에 군림하는 홈런왕이었으니까.

'아직은, 아직은 아니야.'

물론 지금은 7경기 동안 단 하나의 홈런도 때려 내지 못하고 부진한 상황이었지만.

지난 10년의 기억은 아직 그 몸에 고스란히 남아 있었다.

[김신 선수, 제2구!]

알버트 푸홀스는 그 영광된 승리로 가득한 기억대로.

방망이를 휘둘렀다.

가장 많이 상대해 본 구종, 속구를 향해.

따아아악-!

그리고 오랫동안 침묵하던 푸홀스의 방망이가 굉음을 토해 냈다.

[우측! 큽니다! 우익수 닉 스위셰! 펜스 앞까지! 잡을 듯 말 듯!]

하지만 2012년. 생각과 현실은 달랐다.

작년보다 조금 더 노쇠한 근육에는 힘이 부족했고.

그것을 커버할 타격감은 저 밑바닥에 처박혀 있었다.

'쯧, 조금 부족했나?'

그럼에도 불구하고 스스로를 믿고 있는 남자, 알버트 푸홀스가 아쉬운 마음에 혀를 차며 천천히 1루로 달려갈 찰나.

휘이이잉—!

어디서 놀다 이제 왔냐며 오랜 친구를 골려 주듯.

[어엇!]

바람이 살포시 밀어 준 공을, 양키 스타디움의 짧은 우측 담장이 삼켜 버렸다.

[너…… 넘어갔습니다! 알버트 푸홀스의 시즌 1호 솔로포!]

[의미가 있는 한 방이네요. 이것으로 김신 선수의 첫 피안타와 첫 피홈런, 첫 자책점 모두 푸홀스 선수가 빼앗아 냈습니다. 본인은 부진을 깨는 아메리칸리그 첫 홈런을 기록했고요.]

"오우!"

행운의 여신이 건넨 인사를 보며 미소 지은 푸홀스는, 이내 김신에게 고개를 돌려 많은 선배들이 전하고자 했던 말을 전해 주었다.

"Welcome To Major League."

스캔들

파크 팩터(Park Factor).

각 구장마다 타자가 유리한지, 투수가 유리한지를 분석해 놓은 지표.

그 파크 팩터 안에서, 양키 스타디움은 메이저리그 30개 구장 중 명백히 하위에 위치해 있는 투수 친화적 구장이다.

지표상으로는.

하지만 지표만으로 판단할 수 없는 부분이 단 하나 있었으니⋯⋯.

베이브 루스, 루 게릭, 요기 베라, 로저 매리스, 돈 매팅리 등 과거로부터 내려오는 좌타자 스타플레이어들의 홈런을 위해.

우측 담장만큼은. 그것 하나만큼은.

메이저리그에서 세 손가락 안에 들 만큼 짧은 데다 펜스 역시 타구가 쉽게 넘어갈 수 있도록 낮게 지어져 있었다.

그런데 홈런을 맞아 1회부터 점수를 내준, 홈팬들 앞에서 끌려가기 시작한 양키스의 더그아웃 안에.

그 짧은 우측 담장 안으로 하얀 공이 쏙 들어가는 것을 보며 환호를 참고 있는 사람이 있었다.

'좋아! 역시 푸홀스! 더, 더 두들겨 달라고!'

본인의 뇌내 망상이 발전하여, 김신이 약물을 했다고 굳게 믿고.

자신과는 달리 약물을 통해 일약 스타가 된 그를 사무치도록 시기하게 된 인물.

양키스의 백업 포수, 프란시스코 서벨리.

시간이 지나 김신이 팀 내에서까지 인정을 받을수록 그의 질투심은 커져만 갔다.

그 질투심이 약물을 하고도 백업 포수로 머물러야 했던 열등감, 비참함과 맞물려 마침내 팀의 승리보다도 김신의 추락을 반기게 된 것이었다.

그러나 그의 환호는 잠시간밖에 가지 못했다.

'뭐야?'

김신이 홈런을 맞자마자 데릭 지터가 김신에게 외치는 소리가 더그아웃까지 들려 왔으니까.

"괜찮아!"

모든 워딩이 정확히 들리지는 않았지만, 그 한마디.

괜찮다는 그 한마디는 프란시스코 서벨리의 귀에 확실하게 파고들었고.

'캡틴까지…… 왜 저놈한테만! 젠장!'

선망해 왔던 캡틴조차 김신을 싸고도는 엿 같은 상황에, 프란시스코 서벨리의 얼굴이 참혹하게 일그러졌다.

그리고 벌레 씹은 얼굴로 입술을 잘근잘근 씹던 프란시스코 서벨리는.

'그래, 나는 어쩔 수 없었어. 모두 저놈한테 속고 있으니까.'

누군가가 들었다면 개소리라고 호통쳤을 생각을 하며.

'어디 네놈의 낯짝이 언제까지 멀쩡할지 보자.'

메이저리그 첫 홈런을, 그것도 맞지 않아도 될 홈런을 바람과 구장에 헌납하고도 여전한 눈빛을 불태우는 마운드의 동료를 노려보는 것이었다.

🏐

따아아아악—!

그라운드를 가득 메우는 커다란 타격음이 울려 퍼진 순간.

데릭 지터는 직감적으로 알아챘다.

'이건 안 넘어갔다.'

타격음만 들어도 알 수 있었다.

알버트 푸홀스라는 타자가 마운드에 선 김신이라는 투수의 구위를 이겨 내지 못했음을.

'이번에도 시작이 좋은데?'

단 6개의 공으로 1회 셧아웃.

지난 경기가 생각나는 산뜻한 출발에 데릭 지터가 미소 지으며 1회 말, 자신의 타석을 떠올릴 찰나.

'……?'

그가 가진 수많은 경험으로도 예상치 못한 변수가 발생했으니.

양키 스타디움에 별안간 몰아친 바람이 그 공을 떠밀어 펜스 너머로 넘겨 버린 것이었다.

'허…… 운도 없지.'

연장된 수비 이닝에 고개를 젓던 지터는 순간 흠칫하고 말았다.

'그러고 보니…… 이 자식, 이게 첫 피홈런이잖아?'

메이저리그에 갓 올라온 루키. 그것도 역사에 남을 만한 성공적인 데뷔전을 치른 루키가 1회 초에 뜬금포를 얻어맞은 상황.

이런 상황에서 마운드에 선 투수가 어디까지 무너질 수 있는지.

그는 너무나 잘 알고 있었다.

아무리 김신이 루키 같지 않은 루키라지만.

오히려 그렇기 때문에 평소에 가지고 있던 패기와 자신감이 너무나 드높았기에.

더욱 큰 추락이 있을 수도 있었다.

그래서…….

"괜찮아! 고작 1점일 뿐이야! 집중해!"

부러 마운드에 가까이 다가가 크게 외쳤지만.

"뭘 이런 걸 가지고 그러십니까, 캡틴."

마운드의 루키는 홈런 따위는 전혀 신경 쓰지 않는다는 듯 천천히 마운드의 흙을 골라내었다.

'진짜 이 자식은…….'

연약한 과자처럼 쉽게 부서져 내리는 평범한 루키 투수들의 멘탈과는 전혀 다른 면모.

그에 일단은 안심한 지터가 자신의 수비 위치로 돌아갈 때쯤.

'다행이다.'

김신은 속으로 가슴을 쓸어내리고 있었다.

투수에게 홈런이란 세금과 같은 것.

그 어떤 투수도 평균자책점 0을 유지할 수는 없다는 걸 김신은 아주 잘 알고 있었다.

오히려…….

'지난 경기에 그렇게 운을 가져다 썼으니, 이 정도면 양반

이지.'

퍼펙트게임이란 행운의 여신이 허락해야만 가능한 대기록.

첫 등판에 그걸 이뤘으니, 이 정도의 액땜은 얼마든지 수용할 준비가 되어 있었다.

'하지만……'

그것과는 별개로, 김신은 화가 났다.

지난 생에서 얻어맞은 수많은 홈런도, 시범 경기에서 AAA급 타자에게 허용하고 만 뜬금포도, 지금의 메이저리그 첫 피홈런도……

맞을 때마다 도무지 적응이 되지 않았다.

안타나 실책과 달리 홈런은 오로지 투수 본인의 실수나 다름없는 것.

환경? 구장의 조건?

그런 것보다도 1차적으로는 홈런성 타구를 허용한 그의 실수다.

왜 조금 더 잘 던지지 못했을까.

왜 조금 더 신중하지 못했을까.

김신은 스스로를 자책했고.

"흐읍―!"

뻐엉―!

그 감정을 모조리 공 안에 담아, 마운드에 새로이 선 4번 타자에게 쏟아 냈다.

[김신 선수, 흔들리지 않는군요! 101마일의 포심 패스트볼이 정확히 몸 쪽을 꿰뚫습니다!]

전생의 전적까지 합쳐 통산 104개, 이제는 105개의 홈런을 허용한 투수, 김신은.

분노를 올바른 곳에 쏟아 낼 줄 아는 남자였다.

뻐엉-!

경기가 이어졌다.

🏐

메이저리그의 시즌은 길다.

6개월간 162경기.

잠깐의 이동일과 올스타 브레이크를 제외하고는 쉼 없이 달려야 하는 살인적인 일정.

그 일정을 소화하다 보면 가끔 오늘 같은 날이 있다.

'경기 참 안 풀리네.'

1회에 맞은 홈런 한 방으로 0-1로 끌려가던 6회 초, 원아웃.

브렛 가드너는 더그아웃에 앉아 퀄리티스타트를 눈앞에 둔 투수, 그 너머 빛을 발하는 전광판을 바라보았다.

"크흠."

LA 에인절스는 2개의 안타와 1개의 볼넷으로 1점.

뉴욕 양키스는 산술적으로는 두 배인 4개의 안타와 2개의 볼넷을 얻었음에도 여전히 0점.

숫자뿐만이 아니고 오늘 경기는 양키스 타자들이 제대로 때려 낸 공은 어김없이 수비수 정면으로 향하는 경우가 많았다.

마치 누군가가 장난을 치는 것처럼.

'쩝.'

브렛 가드너가 입맛을 다시는 순간, 마운드에 선 투수가 와인드업을 하고.

따악-!

[유격수 정면! 아웃! C. J. 윌슨! 무실점 행진을 이어 나갑니다!]

또다시 잘 맞은 타구가 유격수의 품에 가서 안겼다.

'이번 이닝에 출전하긴 글렀나?'

방금 아웃당한 타자는 양키스의 5번 타자, 마크 테세이라.

그의 타순은 9번이니, 오늘 상황을 봤을 때 다음 이닝이나 되어야 나갈 수 있을 것 같았다.

그러나.

6번 타자로 나선 양키스의 베테랑 커티스 그랜더슨이 친 빗맞은 땅볼이⋯⋯.

[엇! 불규칙 바운드! 유격수 공 놓칩니다!]

갑작스런 불규칙 바운드로 인해 내야 안타로 둔갑하면서부터, 분위기가 변했다.

7번 타자 라울 이바네즈가 친 평범한 플라이는.

따악-!

[좌중간 높이 뜹니다! 좌익수 버논 웰스, 충분히 잡을 수 있을…… 아 앗! 이게 무슨 일이죠! 공 잡지 못합니다! 히 드롭 더 볼!]

[아, 이건 크죠! 무엇 때문인지는 모르겠지만, 결정적인 실책입니다!]

행운의 안타로 둔갑했으며.

8번 타자 러셀 마틴은.

[볼! 베이스 온 볼스! C. J. 윌슨 흔들립니다! 2사 만루!]

볼넷을 얻어 만루를 완성한 데다.

[이렇게 되면 그대로 갈 수가…… 아, 역시 말씀드리는 순간 마이크 소시아 감독이 마운드로 올라옵니다.]

잘 던지던 선발 투수까지 강판시키고, 최고의 기회를 브렛 가드너에게 넘겼다.

'이게 이렇게 되네?'

그리고 이제 메이저 5년 차, 만 28세.

슬슬 골든크로스가 찾아올 때가 된 절정의 타자는.

따아아아악―!

바뀐 투수의 초구를 노리라는 메이저리그의 격언을 충실히 따랐고.

[우측! 큽니다! 우측 담장! 우측 담장……! 우익수 토리 헌터, 잡을 수 있다는 사인!]

우측 담장 근처까지 날아간 공은.

휘이이이잉―!

[어엇!]

이번에는 양키스 쪽으로 불어오는 바람을 타고.

[너, 넘어갔습니다! 1회 초 알버트 푸홀스 선수의 홈런과 아주 흡사한 상황! 브렛 가드너! 그랜드슬램!]

[이게 뭔가요! 브롱스의 신비한 기운이란 게 정말 있나요?]

1회 초에 그려졌던 것과 거의 흡사한 아치를 허공에 수놓았다.

"휘유~!"

시간을 거슬러 다시 자신을 찾아온 로맨틱한 남자에게.

시즌 첫 경기부터 멀고 먼 템파베이로 원정을 다녀온 자식들에게.

잠시간 투정을 부리던 브롱스의 여신이 환영의 키스를 남기는 순간이었다.

그렇게 브렛 가드너와 브롱스의 여신이 선사한 3점의 리드.

김신에겐 그것으로 충분했다.

경기를 끝내기에.

뻐엉-!

"스트라이크아웃! 볼 게임 이즈 오버!"

〈행운의 여신은 누구 편? 바람에 울고 웃은 에인절스와 양키스!〉

〈뉴욕 양키스! 쾌조의 6연승!〉

〈김신의 완투, 브렛 가드너의 그랜드슬램! 양키스, 4-2 승리!〉

푸홀스에게 얻어맞은 홈런 말고도, 김신은 몇 번의 안타와
볼넷을 허용했다.

하지만 그것이 김신의 도미넌트함을 퇴색시킬 순 없었으니.

〈스위치피처는 완투의 신? 김신, 132구 완투!〉

〈불펜은 필요 없다! 김신, 9회까지 압도적인 퍼포먼스 선
보여!〉

보통의 선발 투수라면, 100구가 넘어가기 시작하면 악력
이 떨어지게 마련이다.

떨어진 악력은 자연스레 구위의 저하로 이어지고, 이 때문
에 완투나 완봉이 쉽지 않은 기록인 것이다.

하지만.

좌완 87구, 우완 45구.

132구라는 많은 공을 던졌음에도, 김신의 왼팔과 오른팔
은 평범한 선발 투수가 퀄리티 스타트를 한 것 이하의 피로
를 호소했다.

오히려.

"어후, 등이야."

경기가 끝난 후, 브렛 가드너가 격려랍시고 몇 대 쥐어박은 등이 더욱 아팠을 뿐.

"흐아아암~!"

기분 좋은 승리를 거둔 다음 날.

창문으로 들이치는 햇살에 눈을 뜬 김신은 아직도 작열감이 느껴지는 것 같은 등을 침대 매트리스에 비비며 천천히 탁자 위에 놓인 핸드폰을 집어 들었다.

스스로의 활약을 기사로 지켜보는 것은, 언제나 기분 좋은 일이었으니까.

하지만.

"응?"

액정 화면에 떠 있는 숫자들이 김신의 눈을 확대시켰다.

부재중 전화 72통.

김신이 그것을 지켜보며 의아해할 찰나, 부재중 전화의 가장 많은 비중을 차지하는 남자에게서 다시 한번 전화가 걸려왔다.

우우우웅-!

"혜빈, 무슨 일입니까?"

그리고 김신의 말이 끝나기 무섭게, 혜빈의 다급한 음성이 전화기를 타고 넘어왔다.

-킴, 기사 확인하셨습니까?

"기사요?"

-예, 지금 빨리 확인해 보십시오!

어제 저녁부터 줄기차게 올라왔던 그의 투구에 대한 찬미 가라면, 혜빈이 이렇게 반응할 리가 없었다.

'뭔가 문제가 생겼다는 뜻인데…….'

하지만 김신의 뇌리에는 전혀 떠오르는 것이 없었다.

고개를 갸웃거리며 김신은 핸드폰을 조작해 뉴스를 열었고, 곧 혜빈이 말한 기사를 확인할 수 있었다.

"약물 복용……?"

얼토당토않은 지라시를.

⊙

〈충격! 양키스의 슈퍼 루키 K, 약물 복용?〉

수많은 기사 사이를 엄청난 속도로 거슬러 올라가고 있는 자극적인 제목.

'이런 기레기 새끼들이……!'

김신은 미간을 찌푸리며 그것을 클릭했다.

사상 초유의 충격적인 데뷔전을 치른 양키스의 슈퍼 루키 K 가 약물을 복용하고 있다는 제보가 들어왔다. K는…….

본 기자에게 이 사실을 제보한 제보자는 자신이 K가 약물을 사용하는 걸 두 눈으로 목격했다고 진술했으며…… 그의 협박에도 불구하고 정의의 실현을 위해…….

만약 K의 약물 복용이 사실이라면 그의 기록을 회수해야 한다는 목소리가…….

처음으로 가슴속을 채운 것은 놀람이었다.

-킴, 솔직하게 말씀해 주셔야 합니다.

그다음은 억울함이 뒤를 이었고.

-당신을 의심하는 게 아니라, 그래야만 제가 적절한 조치를…….

그러고는 분노가 들어찼다가.

-저는 언제나 당신의 편입니다. 저를 믿으시고…….

마지막엔.

"혜빈."

-예, 말씀하십시오.

"이거 일을 더 키울 수 있을까요?"

-예?

기쁨이 가슴속을 채웠다.

'누가, 왜 그랬는지는 상관없다. 이건 기회야.'

안 그래도 약쟁이들이 꼴 보기 싫어서 참기 힘든 수준이었는데.

이렇게 판을 깔아 주다니.

'내가 왜 이 생각을 못했지?'

울고 싶은 마당에 뺨 때려 준 격이 아닌가.

−그게 무슨 말씀……?

"저는 이대로 칩거할 테니, 할 수 있는 한 최대한 키워 주세요. 그리고 조사해 주셔야 할 게 있습니다. 플로리다로 가 주세요, 지금 당장."

−예에?

"자세한 건 메일로 보내 드리겠습니다."

바이오 제네시스 스캔들.

2013년 메이저리그에 몰아쳤던 칼바람.

어차피 몰아칠 그것을 1년 빠르게 불러오면서도.

"아! 캐시먼 단장과 미팅도 좀 잡아 주세요."

양키스의 피해는 최소화할 수 있는 절호의 기회를.

그 시작의 칼날을 김신에게 쥐여 준 누군가에게.

'정말 고맙다.'

김신은 정중히 인사를 건넸다.

김신의 약물 의혹이 불거진 지도 사흘째.

"정말 한 거 아냐?"

"그러니까. 안 했으면 당장에 검사받고 결백을 증명하면 되잖아?"

LA 에인절스와의 3차전, 11-5 승리.

미네소타 트윈스와의 1차전, 3-7 패배. 2차전, 8-3 승리.

승, 패, 승의 갈지자를 그리며 갈팡질팡하는 양키스의 전적만큼이나, 양키스라는 구단을 둘러싼 여론 또한 어지러웠다.

⟨김신, 훈련 불참! 사흘째 칩거 중!⟩

⟨사무국은 왜 약물 검사를 실시하지 않는가⟩

약물 논란에 휩싸인 김신이 기본적인 훈련조차 참여하지 않은 채 칩거함으로써 사무국과 양키스 구단을 향한 항의가 끊이지 않았으며.

⟨양키스 & 메츠, 프란시스코 서벨리 ↔ 제이콥 디그롬. 1 : 1 트레이드 단행!⟩

–왜 굳이 즉전감을 버리고 부상 전력만 한가득인 유망주를 데려오냐?

–서벨리가 즉전감? 장난 ㄴㄴ

–루키에서만 뛰다가 UCL 파열에 토미 존 서저리까지 받은 애보단 즉전감이지.

–지금 메츠 주전 포수가 누군 줄 아냐? 적어도 걔보단 훨씬 나아.

3년만 지나도 대박 중에 대박이라고 평가받았을 트레이드는 현시점에선 양키스 팬들의 고개를 갸웃하게 만들 뿐이었다.

그리고 결정적으로.

〈양키스! 왜 로빈슨 카노를 트레이드했나〉
〈로빈슨 카노, 데이비드 펠프스 ↔ 추신서, 프란시스코 린도어〉
〈이해할 수 없는 양키스의 초반 트레이드. 이유는 무엇?〉

팀의 다음 세대를 견인할 거라고 기대받던 프랜차이즈 스타를 내주고, 팀에 넘치는 외야수와 유망주를 받아 온 행적은 양키스 팬들의 키보드에 불을 붙였다.

—아니, 미친! 이걸 왜?
—캐시먼 치매 걸렸음?
—미친…….
—아이고, 아이고! 갓조지 그립습니다.
—시즌 초에 이게 무슨 개짓거리냐?

현재로써는 이해할 수 없는 트레이드와 약물 파동으로 어수선한 여론처럼 혼란스러운 양키스 더그아웃에서.

이 사태의 가장 큰 수혜자 중 하나가 숨을 죽였다.

'올라온 건 좋은데……'

프란시스코 서벨리의 빈자리를 메우기 위해 마이너에서 콜업된 포수.

게리 산체스.

2016년 신인왕 2위를 차지하는 것을 시작으로, 포수라고는 믿을 수 없는 장타력을 보여 준 톱 클래스 공격형 포수.

끔찍하다고 할 만한 포구 능력과 가을만 되면 도지는 새가슴 병 탓에 수많은 비판에 직면했지만.

2020년대, 그것들을 모조리 씹어 먹고 날아올랐던 양키스의 차차기 캡틴.

하나 아직은 어린, 헤수스 몬테로의 뒤를 이어 항상 2순위로 평가받던 게리 산체스에게.

"조용! 조용!"

양키스의 메이저리그 클럽하우스는 아직 낯선 곳이었다.

얼마 전까지 통역을 끼고 다녔을 만큼 영어에 익숙하지 않은 그였기에 더더욱.

"새 얼굴들도 왔는데 언제까지 그럴 거야! 곧 경기다! 집중해!"

하지만 그렇다고 해도, 언어가 아닌 사람의 존재감은 느낄 수 있었다.

양키스의 현 캡틴, 데릭 지터.

그가 로커 룸에 들어오자마자 일변하는 분위기에, 게리 산체스는 자기도 모르게 살며시 입을 벌렸다.

'헤~! 역시 멋있어.'

그리고 살짝 치켜떠진 산체스의 눈동자로, 지터의 뒤를 이어 로커 룸으로 들어오는 두 사람이 잡혔다.

'응?'

몇 번 보았던 양키스의 감독, 조 지라디와 처음 보는 훤칠한 동양인.

'김신?'

그러나 산체스는 그가 누군지 아주 잘 알고 있었다.

요즘 신문과 인터넷을 가장 뜨겁게 달구고 있는 사람이었으니까.

그리고 우연찮게도 김신과 산체스의 시선이 맞닿을 찰나, 조 지라디 감독의 입이 열렸다.

"방금 전, 김신의 약물 검사 결과가 나왔다. 결과는 이상 무! 이제 더 이상 쓸데없는 의심으로 팀워크를 해치지 말도록!"

조금 늦긴 했지만 양키스의 선수 중 하나로서는 다행 중 다행인 결과.

드문드문 들리는 영어와 로커 룸 분위기를 보고 간신히 조 지라디 감독의 전언을 이해한 산체스가 안도의 한숨을 내쉬었다.

'휴, 그래도 팀 분위기가 더 박살 나진 않겠네.'

그러나 산체스가 남몰래 안도의 한숨을 내쉬는 사이.

"처음 뵙겠습니다, 추신서 선배님. 김신입니다."

"그래, 얘기 많이 들었다. 고생했어."

동향의 외야수와 가볍게 인사를 나눈 그 투수가…….

"게리 산체스?"

"네?"

그에게 다가오는 것이었다.

그것도 아주 익숙한 스페인어를 입에 담으면서.

'오랜만이야, 캡틴.'

보름달같이 환한 미소를 머금은 채.

〈김신, 검사 결과 발표! 약물? 그게 뭐죠?〉

워크 에씩(Work Ethic).

경기, 혹은 훈련에 임하는 선수의 자세를 이르는 말.

이것이 부족한 선수들은 가진 재능에 비해 더딘 성장을 하거나, 성장이 정체되어 도태되거나, 결정적인 상황에 본인의 능력을 제대로 발휘하지 못한다.

그리고 1992년생인 도미니카 출신의 젊은…… 아니, 어린 포수에게 가장 부족한 것 또한 바로 이것이었다.

따악-!

"나이스!"

선구안, 파워, 어깨는 선천적으로 타고났다.

어쩌면 시대를 지배할 만한 수준으로.

뻐엉-!

"공을 끝까지 봐!"

하지만 그걸 받쳐 줄 만한 수비력, 그중에서도 포수에게 기본적인 포구 능력은 그야말로 처참한 수준.

뻐엉-!

"산체스!"

게리 산체스는 바로 그 수비력 때문에 항상 헤수스 몬테로의 뒤를 이은 2순위로 평가받았고.

'쳇, 왜 이렇게 극성인 거야? 몇 개 흘리지도 않는데.'

그 수비력을 만들기 위한 훈련을 귀찮아하는, 워크 에씩까지 도매금으로 처참한 평가를 받아 마이너를 전전하던 중이었다.

그리고 그것은 메이저에 올라왔다고 해서 달라지지는 않았다.

"다음!"

배터리 코치의 불호령과 함께 계속해서 포구 자세를 잡는 게리 산체스를 바라보며, 김신은 미묘한 미소를 띠었다.

'이때의 캡틴은 확실히…… 왜 메이저에 늦게 올라왔는지 알 만하군.'

2012년에 이미 타격이 거의 완성된 수준이었음에도 불구하고 2016년이 돼서야 콜업된 배경.

그것을 확인하며, 김신은 2030년도의 산체스가 털어 놓았던 하소연을 떠올렸다.

-내가 조금만 더 일찍 정신을 차렸더라면…….

사실 산체스같이 뛰어난 육체적 재능을 지닌 사내가 기본적인 수비를 그 정도로 못하기란 쉽지 않다.

투구나 타격과 달리, 수비만큼은 훈련을 통해 얼마든지 평균 수준까지는 향상시킬 수 있는 종류였으니까.

필요한 것은 오직 시간과 그 고통의 시간을 감내할 마음가짐.

현재의 산체스에게는 그 마음가짐이 부족했다.

게으른 천재란 이런 것이다……라는 걸 보여주는 듯이.

뻐엉-!

"집중해!"

물론 지금 상태로도 산체스는 두 번째 백업 포수 및 대타 요원으로서의 역할 정도는 충분히 해낼 수 있다.

그의 타격 재능은 진짜였으니까.

그리고 조금 더 시간이 흘러, 평범에 살짝 못 미치는 수준까지 포구 능력이 올라오면, 양키스의 주전 포수 자리는 금세 그의 것이 되리라.

하나 그대로 흘러가게 두었다간 이전의 후회를 되풀이하는 것이 될 뿐.

'지금부터 바꿔야 해.'

김신이 경험했던 과거에서, 산체스는 시간을 들여 포구 능력을 간신히 최저선까지 끌어올린 다음.

2016년 데뷔하여 뜨거운 방망이를 양키스 팬들에게 각인시키고, 신인왕 2순위까지 올라가는 기염을 토한다.

하지만 그로 인해 오만해진 그는, 타격 쪽에 집중하기 위해 증량을 하게 되고.

증가한 근육 탓에 저하된 유연성은 간신히 끌어올려 두었던 그의 포구 능력을 다시 밑바닥으로 처박아 버린다.

거기까지였으면 괜찮았을지 모른다.

그 시즌이 끝난 다음, 다시 포구 능력을 향상시킬 기회가 있었으니까.

하지만.

'하필 그해 포스트시즌에서⋯⋯.'

2017년 가을, 휴스턴 애스트로스와의 챔피언십 시리즈. 그것도 가장 중요한 6, 7차전.

산체스는 그의 기억 속에 단단히 박힐 크나큰 포구 실수를 연속으로 저지르게 되고.

3 : 2로 월드시리즈 진출을 눈앞에 뒀던 팀은 그의 실책으

로 탈락하게 된다.

그것으로 끝이었다.

고작 2년 차인 선수에게 쏟아진 원색적인 비난과 스스로의 자책감은 산체스도 모르는 사이, 그의 가슴속에 트라우마를 만들었고.

이후 스토브리그에 절치부심하여 포구 능력을 향상시켰지만…….

'소 잃고 외양간 고치는 격이었지.'

훈련에서는 잘만 하던 산체스는, 경기 중 터프한 상황에만 처하면 끊임없이 포구 실책을 반복했다.

그리고 그의 트라우마는 오히려 그 크기를 키워 포스트시즌에만 들어가면 타격까지 죽을 쑤게 된다.

게리 산체스가 그렇게 얻은 새가슴이라는 별명을 극복해 내는 것은 2026년.

30대를 넘어서면서 스러지기 시작한 그의 육체가 그에게 포수로서의 삶을 오래 허락하지 않을 때늦은 시기.

'그 꼴을 또 볼까 보냐.'

더 이상 포수 마스크를 쓸 수 없게 되어, 지명타자 겸 1루수로 보직을 변경한 뒤.

항상 포수로서의 자신을 아쉬워했던, 미래의 산체스를 김신은 아주 잘 알고 있었다.

함께 세월에 맞서 싸우던 동료의 아련한 표정을 아직도 선명하게 기억하고 있었다.

"고생하셨습니다!"

상념에 잠긴 사이, 미적지근한 태도로 훈련을 종료하고 빠져나오는 산체스를 향해.

'나중에 나한테 감사해야 할 거야, 게리.'

가까운 미래, 메이저리그 최고의 배터리를 이룰 남자가 발걸음을 옮겼다.

1992년 10월. 산체스보다 두 달 남짓 빨리 태어난 형이.

"산체스!"

4월 12일. 미네소트 트윈스와 뉴욕 양키스의 4연전 중 3차전.

1회 초, 수비를 위해 그라운드로 떠나간 선배들의 뒤에서 두 루키가 속삭임을 시작했다.

"이봐, 게리, 어때? 오늘 우리가 이길 것 같아?"

"그렇지 않을까? 미네소타 요즘 완전 싯이잖아. 오늘 우리 선발은 히로키 씨고."

"그래?"

그 정체는 김신과 게리 산체스.

애초에 데뷔전부터 어마어마한 기록을 세운 김신이라는

선수를 좋아했기도 했고.

불편한 영어가 아닌, 스페인어를 원어민 수준으로 구사하며 다가온 김신에게 게리 산체스는 금세 제 곁을 내주었던 것이다.

생전 처음으로, 더그아웃이라는 최고의 특등석에서 메이저리그 경기를 바라보는 것에 설레하는 산체스의 모습에.

'이건 또 색다르네.'

김신은 미소 지으며, 산체스와 마찬가지로 뽀송뽀송한 상태일 두 선수를 떠올렸다.

'일단 최소한의 조각은 맞췄다.'

몇 년 안에 메이저리그 최정상급 투수로 성장할 제이콥 디그롬.

곧 은퇴할 데릭 지터의 빈자리를 완벽하게 메꿔 줄 유격수, 프란시스코 린도어.

아직은 마이너에 있지만 양키스 왕조를 견인해 나갈 인재들.

'물론 앞으로도 더 많은 조각들을 모을 테지만.'

지난 미팅에서 캐시먼은 분명 그의 제안을 심각하게 받아들였다.

디그롬과 린도어를 영입한 것이 그 증거.

하지만 김신의 안배들이 본격적으로 두각을 드러내려면 적어도 2년 이상은 기다려야만 했다.

그러므로.

'우리가 해내야 해, 게리.'

김신은 캐시먼에게 보여 주어야만 했다.

2억 7,500만 달러짜리 짐을 품에 끌어안고도 우승…… 아니, 왕조 건설이 가능하다는 희망을.

'올해 안에 반드시…….'

최악의 시즌이 될 2013년이 아닌 올해.

터져 줘야만 하는 먼 미래의 캡틴을 김신이 신뢰가 가득 담긴 눈으로 바라보던 찰나.

따악-!

"어엇?"

구로다 히로키의 공을 미네소타의 1번 타자 데나드 스판이 통타했다.

그리고 그것으로 끝이 아니었다.

"운이 좀 없었……."

따악-!

2번 타자 제이미 캐롤 또한 구로다 히로키 공략에 성공했고.

따악-!

3번 타자 조 마우어는 손쉽게 그들을 불러들이는 2타점 적시타를 터뜨렸다.

"……."

따악- 따악-!

1회 초, 4실점.

한 루키와 루키의 탈을 쓴 무언가의 눈앞에서, 양키스가 흔들리기 시작했다.

무겁게 내려앉은 어둠을 환한 조명이 걷어내는 시간.

9회 말, 2아웃. 점수는 4-6.

양키스에게 기회가 찾아왔다.

7번 타자 라울 이바네즈의 볼넷과 8번 타자 에두아르도 누네즈의 안타로 만들어진 2사 1, 2루의 마지막 찬스.

한 방이면 동점 혹은 역전이 가능한 최대의 승부처에.

조 지라디 감독은 대타를 투입했다.

[뉴욕 양키스. 핀치 히터, 넘버 13 알렉스 로드리게스!]

그리고 2억 7,00만 달러짜리 몸이 그라운드로 걸어 나갈 찰나.

"아쉽지?"

"응?"

그것을 뚫어지게 바라보던 게리 산체스에게, 김신이 말을 걸어 왔다.

"네가 이런 순간에 쫄 리가 없잖아. 그러니까 아쉽겠지."

게리 산체스의 속을 꿰뚫어 보듯이.

"……맞아. 하지만 어쩌겠어."

김신의 말대로 게리 산체스는 자신이 대타로 나가지 못한 것을 깊이 아쉬워했다.

아직은 새가슴이 장착되기 전, 자신의 타격 능력에 대한 자부심과 투쟁심이 하늘을 찌르는 시기였으니까.

'역시, 못 말리는 관심 종자.'

트라우마를 이겨 낸 그는 그런 사람이었다.

터프한 상황과 부담감을 이겨 내고 스스로를 만천하에 증명해 내는 순간.

그 순간에 쏟아지는 관심을 그 무엇보다 좋아하면서도 절대 내색은 하지 않던 남자, 게리 산체스.

김신은 그 남자를 어떻게 다루어야 하는지 누구보다 잘 알고 있었다.

"잘 봐 둬."

"……?"

김신의 말에 게리 산체스가 의문을 표하기도 전.

따악-!

[초구 타격! 아! 이것이 유격수 정면으로……!]

대타로 나선 알렉스 로드리게스가 허무하게 유격수 땅볼로 물러나고.

[경기 종료! 트윈스가 2승째를 수확합니다!]

양키스의 패배로 경기가 종료되었다.

맥없이 아웃당하고 더그아웃에 들어온 알렉스 로드리게스는 헬멧을 집어 던졌지만.

콰앙-!

"……."

곱지 않은 눈초리만을 받았을 뿐.

김신에게 농락당한 이래, 부진에 부진을 거듭하고 있는 그의 편을 들어 줄 만한 선수는 양키스 클럽하우스에 한 명도 없었다.

원래 역사에서도 2012년 초반 처참한 성적을 거두긴 했지만, 그보다 한술 더 뜨는 추락에 김신은 속으로 미소를 짓고는.

'고작 이런 거에 짜증 내면 조만간 홧병으로 쓰러지겠는데?'

다시 작업하고 있던 어린양에게 고개를 돌려 속삭였다.

"너라면 칠 수 있었을 거야."

"……."

"근데 왜 네가 선택받지 못하는 줄 알아?"

"……글쎄."

"알려 줄게. 따라와."

"……?"

그러고선 산체스를 이끌고 더그아웃을 빠져나가는 김신의 모습을 두 눈동자가 지켜보고 있었다.

"흐음……."

4월 19일.

미네소타 트윈스와의 홈 4연전 마지막 경기 날 아침.

선발 투수로 내정된 김신은…….

"끄응."

회귀 이후 처음으로 완벽하지 못한 몸 상태를 느끼며 잠에서 깨어났다.

'어제 너무 신났나.'

경기가 종료된 후, 오밤중에 이어진 산체스와의 훈련.

오랜만에 산체스와 몸의 대화를 나눴기 때문인지, 김신은 그 자리에서 생각보다 무리를 하고 말았다.

아무리 팔팔한 젊은 몸이라도 훈련이 아무런 여파가 없을 수는 없는 일.

하지만, 김신은 덤덤히 고개를 주억거렸다.

'이 정도면 양반이지.'

몇 날 며칠, 아니, 한 시즌 자체를 이것보다 더한 몸 상태로 치러 낸 경험이 김신에게는 있었으니까.

더군다나 오늘 상대할 미네소타 트윈스는 올해 아메리칸 리그 중부 지구 꼴찌를 할 약체 팀.

약간의 컨디션 난조는 어제 얻은 수확에 비하면 논할 가치도 되지 못했다.

"흐흐."

생각하는 것만으로도 음흉한 웃음을 내뱉게 만드는 크나큰 수확들.

그것들은 공교롭게도 양키스의 캡틴'들'과 얽혀 있었다.

첫째로.

'우선, 가드너 씨의 부상을 피해 냈지.'

본래라면 어제 경기에서 다이빙 캐치를 하다가 2012 시즌을 통째로 날리는 팔꿈치 부상을 입게 될 운명이었던 양키스의 차기 캡틴 브렛 가드너.

하지만 추신서의 영입으로 양키스의 외야수 풀이 넓어진 결과, 그는 어제 경기조차 출전하지 않고 휴식을 취했다.

'이렇게 되길 바라긴 했지만, 너무 잘 풀려서 떨떠름할 정도야.'

애써 준비해 둔 플랜 B조차 사용할 일 없었던 최선의 상황.

그리고 두 번째.

'산체스 구제 계획도 첫발을 내디뎠고.'

약쟁이들, 그중에서도 프란시스코 서벨리를 쳐 내고자 마음먹었을 때부터 김신이 기획한 '산체스 구제 계획'.

STEP 1. 충격 요법.

양키스라는 팀에 대타 요원은 차고 넘치고, 따라서 산체스라는 선수가 그라운드에 서려면 포수로서 서야 한다.

그런데 양키스의 포수 마스크를 쓰는 건, 현재의 쓰레기 같은 포구 능력으로는 언감생심이다.

이런 식으로 조금 과장된 전달을 통해 충격을 줄 것.

STEP 2. 승부욕 고취.

승부욕. 다른 말로 하면 투쟁심.

성공했다고 할 만한 스포츠 선수에게는 반드시 필요한 조건.

그리고 산체스도 누구보다 크게 가지고 있는 그것을 고취시키는 것.

STEP 3. 내재되어 있는 관심 종자의 싹 틔우기.

김신이라는 걸출한 투수와 함께 배터리를 이뤄, 메이저리그를 정복할 미래를.

그로 인해 쏟아질 관중의 찬사와 보상으로 떨어질 몇 가지를 찬찬히, 구체적으로 설명해 줄 것.

STEP 4. 지속적인 관심 투사.

스텝 1~3까지를 주기적으로 반복할 것.

간단하게 이야기하자면, 그냥 포구 훈련을 시키되 그 전에 쓴소리 좀 뱉어 주고.

훈련이 끝난 뒤에는 좋은 말과 함께 자신과 함께함으로써 다가올 찬란한 미래를 인식시키는 것이었다.

말로는 쉬워 보이지만, 같은 나이에 이미 메이저에서 주목

할 만한 성공을 거둔 김신이 아니라면.

산체스라는 사람에 대해 속속들이 아는 데다, 환자들을 상대하며 획득한 절정의 어르고 달래기 화술까지 겸비한 그가 아니라면 불가능한 일.

거기다 서로의 훈련에 대해 거의 터치하지 않는 메이저리 그에서, 주기적으로 신경을 써 준다는 건 사실 말도 안 되는 일이었다.

하물며 언제 끝날지도 모르는 상황임에야.

하지만.

'큭큭, 귀여운 맛이 있어.'

치료보다 예방이 훨씬 쉽다는 건 자명한 진리.

크나큰 대가를 치르고 상처를 치유했던 친우를 떠올리며 고난의 행군을 자처한 남자는.

그의 커브를 계속해서 뒤로 빠뜨리면서 점차 붉으락푸르 락 변하던, 아닌 척하지만 그의 격려를 듣고는 미래에 대한 기대로 설레하던.

산체스의 얼굴에 떠오른 투쟁심과 관심 종자의 싹을 복기하며.

입가에 미소를 머금는 것이었다.

"후우…… 이기기도 했으면 더 좋았을 텐데. 하여간 도움 안 되는 놈. 그래도 뭐, 괜찮아."

팀은 '누구' 때문에 아쉽게 패배했지만, 아직 고작 페넌트레이스인 데다 어제 경기는 원래 패배했을 경기.

김신이 지금까지 벌어 놓은 2승도 있고, 양키스는 본디 이번 시즌 지구 우승을 차지할 운명이었으니 손해라고 할 수 없었다.

하나 그렇다 해도 기록지에 새겨진 패배라는 글자는 바뀌지 않는 법.

오늘은 정해진 운명에 따라 승리를 수확할 때였다.

"끙차."

가벼운 신음과 함께 몸을 일으키며, 어젯밤 일을 머릿속 한구석에 밀어 둔 김신은 평소보다 더욱 꼼꼼히 온몸을 주물렀다.

미래는 미래. 현재는 현재.

현재의 그는 팀의 연패를 저지해야 할 통곡의 절벽이자, 승리라는 이름의 보상을 따 와야 할 사냥꾼이었다.

양키스와 미네소타 트윈스의 4차전은 미국 본토에서보다도 한국에서 더욱더 큰 화제를 낳았다.

〈추신서, 김신! 한국인 루타 선발 출장!〉

박천후와 김범헌 이후, 침체돼 있던 메이저리그에 대한 관심을 수면 위로 끌어올린 타자와 그 관심을 전 국민적인 수준으로 끌어올린 투수가 처음으로 한 팀에서 뛰는 날이었으니까.

–와, 이런 날이 오다니 격세지감이야.
–틀딱 어서 오고.
–니들이 박천후를 알아? IMF를 알아?
–한국인이면 양키스 응원합시다.

경기 시작은 미국 시간으로 목요일 오후 7시.
한국 시간으로 금요일 오전 9시.
직장에서, 학교에서, 집에서. 많은 사람들이 숨죽이며 그 경기를 기다릴 무렵.
한미 양국 팬들의 관심을 한 몸에 받으며 불펜 피칭을 하던 김신은.
'젠장…….'
속으로 한탄을 내뱉었다.
'생각보다 더 엉망이야.'
아침까지만 해도 충분히 괜찮으리라 생각했던 컨디션이.
경기 시작 직전까지도 말썽을 부리고 있었으니까.
'내가 내 몸을 너무 무시했군.'

분명 김신은 바닥에 처박힌 컨디션으로도 풀 시즌을 치러 낸 경험이 있는 베테랑이다.

하지만 그것은 그의 나이 40이 훌쩍 넘은 시기의 이야기.

강산이 두 번 변할 시간을 뛰어넘은 그의 육체는 생각보다 훨씬 더 '예민'했다.

퍼엉-!

"킴, 오늘 혹시 컨디션이 많이 안 좋아?"

"……조금 안 좋긴 해요."

"저런. 어젯밤에 뭘 했길래……. 어쨌든 오늘은 피칭 스타일을 좀 바꾸는 게 좋겠어."

"네, 조금만 더 던져 볼게요."

감각이 무뎌진 40대의 육체는 느끼지조차 못 했을 사소한 차이.

그 사소한 차이가 그의 완벽했던 밸런스를 흐트러뜨리고 있었다.

더군다나 스위치 피칭 자체가 밸런스를 흐트러뜨리는 데 일가견이 있는 피칭법이다.

퍼엉-!

'오늘은 어쩔 수 없군.'

두어 개의 공을 더 던진 김신은 결국 고개를 저으며 인정했다.

오늘 그는 최선의 투구를 펼칠 수 없다는 것을.

하지만.

"이제 우완으로 던질게요!"

"그래!"

육체는 바뀌었을지언정 난관을 극복했던 기억과 정신은 그대로다.

이가 없으면 잇몸으로 씹으면 될 일.

아니, 그는 이가 없으면 다른 이로 씹으면 되는 투수였다.

'어제 오른손은 단 한 구도 던지지 않았다고!'

뻐엉—!

"굿!"

그제야 제대로 들려오기 시작하는 경쾌한 포구음에, 김신은 만족스러운 미소를 말아 올렸다.

그러나 김신은 알지 못했다.

"흐음……."

어젯밤부터 누군가가 그를 지켜보고 있었다는 것을.

[국민 여러분, 안녕하십니까! 메이저리그 베이스볼, 뉴욕 양키스 대 미네소타 트윈스의 경기. 지금 시작합니다. 먼저 라인업입니다.]

"크으, 시작인가?"

서울의 한 자취방.

호쾌하게 오전 수업을 자체 휴강해 버린 청년이 맥주를 꿀꺽이며 감탄사를 토해 냈다.

[당당하게 올라 있는 김신 선수와 추신서 선수의 이름이 눈에 띄네요.]

[참으로 역사적인 순간입니다. 메이저리그에서도 손꼽히는 양키스라는 팀에 한국인 선수가 둘이나. 그것도 선발로 출장하다니요.]

주거니 받거니 하며 국뽕을 채워 주는 해설 위원들의 목소리를 들으며, 대한건아 이도일은 뜯어 놓은 과자 봉지를 부스럭거렸다.

"난놈은 난놈이야, 진짜."

지금은 메이저리그라는 세계 최고의 무대에서 공을 던지는 저 투수가 자신과 학창 생활을 함께했던 그 김신이라니.

믿기지 않는 인생 드라마에 김신의 고등학교 동창 이도일은 몸을 부르르 떨었다.

"공부도 잘하고 운동도 잘하는 사기캐였기는 해도, 몇 년 만에 이렇게 확 달라질 줄은……."

이제는 질투하기도 민망할 만큼 높은 자리에 올라간 동창생의 모습에 이도일이 잠시간 씁쓸한 미소를 머금을 찰나.

[김신 선수, 초구!]

뻐엉-!

"스트라이크!"

김신의 오른손에서 뿜어진, 메이저리그를 호령하는 95마일의 강속구에 양키스의 오랜 팬은 환호성을 질렀다.

"그렇지! 초장부터 잡아야지!"

그리고 같은 마음이라는 듯, 경기를 중계하는 한국 해설자들 또한 감탄사를 토해 냈다.

[키야~! 바로 저거예요! 김범헌 선수의 전성기를 보는 것만 같군요!]

[공교롭게도 김신 선수가 구사하는 구종이 김범헌 선수의 그것과 꼭 같습니다.]

[어떤 정신의 계승이 아닌가, 저는 그렇게 생각합니다.]

말도 안 되는 한국 해설의 국뽕 고취와 무관하게 김신의 투구는 계속해서 이어졌다.

94~6마일을 넘나드는 강속구와 원반 형태를 띠며 휘어져 들어가는 프리즈비 슬라이더.

그리고.

뻐엉-!

[스윙! 스트라이크아웃! 타자가 손도 대지 못하는 김신 선수의 업숏! 정말 김범헌 선수의 재림 같습니다!]

[좋아요, 좋아!]

'실제로' 허공으로 솟아오르는 마구, 업 숏까지.

"진짜 미친 새끼네. 워후!"

표리부동(表裏不同)한 루키 투수의 노련한 투구에 속수무책으로 물러난 미네소타 트윈스의 테이블 세터진.

[경기 시작부터 두 타자를 범타와 삼진으로 가뿐하게 처리한 김신 선수! 이제 미네소타 트윈스의 3번 타자와 승부합니다!]

그 뒤로, 미네소타 트윈스의 중심이 배터 박스에 들어섰다.

[나우 배팅, 넘버…….]

🏐

미네소타 트윈스.

아메리칸리그 창립 8팀 중 하나이자, 2000년대 아메리칸리그 중부 지구의 패자(覇子).

그러나 토리 헌터, 저스틴 모노, 요한 산타나 등의 걸출한 선수들을 발굴하며 아메리칸리그 중부 지구를 몇 번이나 제패한 미네소타였지만.

2003년과 2004년. 그리고 2009년과 2010년 네 번이나 뉴욕의 양키들에게 디비전을 내주고 말았다.

2000년 이후 포스트시즌 대(對) 양키스 전적, 2승 12패.

그 처참한 시기를 모두 겪은 미네소타 트윈스의 사령관은.

'빌어먹을 양키 새끼들.'

미네소타 포스트시즌 잔혹사의 역사를 연장해 내겠다는 듯, 굳건히 마운드에 서 있는 선발 투수를 노려보았다.

[나우 배팅, 넘버 7! 조 마우어!]

조 마우어.

2000년대 '신이 설계한 포수'라는 소리까지 들을 정도로 공수 양면에서 무결점의 플레이를 보여 준, 미네소타의 홈,

타깃 필드 시작점에 위치한 홈플레이트의 주인.

아메리칸리그 사상 타격왕을 차지한 유일한 포수.

2미터, 100킬로그램에 달하는 거구의 뜨거운 눈빛을 받으며, 김신은 지금은 관객으로 더그아웃에 앉아 있는 남자를 떠올렸다.

'뛰어넘어라.'

약점을 극복해 낸 게리 산체스가 유일한 아메리칸리그 포수 타격왕이라는 조 마우어의 기록을 깨뜨린다면.

투수와 마주 보며 그라운드를 아우르는 홈플레이트의 지배자로서, 수비력이나 새가슴 등 논란의 여지없이 그의 적법한 파트너가 된다면……

그 모습을 본다면.

지금 문제를 일으키고 있는 왼손과, 그로 인해 파생될 고작 한 경기의 손해는 한 줌 티끌과 같은 것.

'넌 할 수 있어, 게리.'

게리 산체스 본인보다 더욱 그의 잠재력을 믿는 남자, 김신은.

자신의 파트너를 위해 보란 듯이 오른손을 치켜들었다.

[이번에도 우완으로 투구하겠다는 신호입니다. 어떻게 보십니까?]

[세 번 연속 좌타자에게도 우완이라……. 조금 이상하군요. 어떤 전략인지, 아니면 문제가 생긴 건지 지켜봐야 하겠습니다.]

[문제라면 어떤?]

[스위치 피칭의 문제가 드러나는 것은 아닌가 하는 우려가 드는군요.]

[아, 그럴 수도 있겠……. 말씀드리는 순간, 김신 선수 초구!]

뻐엉―!

40대의 나이에 우완 언더핸드 투수로서 사이 영을 차지했던 남자, 김신.

그가 오른손만으로도 자신이 어디까지 할 수 있는지 명확히 보여 주기 시작했다.

뻐엉―!

"스트라이크!"

경기가 이어졌다.

◯

순식간에 삭제된 1회 초 미네소타의 공격.

이후 전개된 1회 말 수비에서 마운드에 오른 선수는 미네소타의 선발 투수 칼 파바노였다.

그리고 양키 스타디움의 마운드에 선 칼 파바노에 대한 양키스 팬들의 반응은…….

"우우우우우―!"

"개자식아! 여기가 어디라고 올라와!"

"홈런이나 헌납하고 꺼져!"

격렬한 야유였다.

그도 그럴 것이, 지금은 미네소타 소속인 칼 파바노는 2005~2008년 4년간 양키스 소속으로.

2005년, 17경기 4승 6패 ERA 4.77.

2006년, 전 경기 결장.

2007년, 2경기 1승 0패 ERA 4.76.

2008년, 7경기 4승 2패 ERA 5.77.

10경기 이상 소화한 시즌이 2005년 한 번일 정도인 데다 성적까지 처참한 데다가…….

부상 사실을 숨기고 재활 등판을 강행하거나 여자 친구의 간병을 이유로 선발 등판을 건너뛰는 등 믿지 못할 기행들을 선보였기 때문이다.

그런데 미네소타로 가서는 건강한 모습으로 30게임씩 뛰면서 선발진의 한 축을 담당해 주고 있으니.

양키스 팬 입장에서 열불이 나는 것은 당연지사.

'어쩌라고.'

칼 파바노는 그 야유를 애써 무시하며 타석에 선 타자에게 집중하려 했으나.

[나우 배팅, 넘버 2! 데릭~! 지터!]

양키스를 이끄는 남자는 그를 용서하지 않았고.

따악-!

[3유간! 빠집니다! 데릭 지터, 손쉽게 1루에!]

이제 막 뉴욕에 발을 들인 신입생도 새로 만난 팬들의 염원을 들어 주기에 충분한 능력을 가지고 있었으며.

뻐엉-!

[베이스 온 볼스! 추신서, 이 선수 역시 선구안이 상당해요!]

양키스의 차기 캡틴은 분노를 담아 묵직한 철퇴를 내려 쳤다.

따아악-!

[라인 드라이브! 베이스 헷! 브렛 가드너! 싹쓸이 2루타!]

스코어 2-0.

경기가 초반부터 터져 나가기 시작했다.

초반부터 대량 득점을 올린 양키스와 달리.

미네소타의 타자들은 지난 두 경기와는 또 다른, 우완 위 주의 레퍼토리를 들고 나온 김신에게 속수무책으로 쓰러져 갔다.

[김신 선수, 영리해요! 아주 영리합니다! 지금까지 주로 써 왔던 좌 완 피칭을 최소화하면서, 생소한 우완 피칭으로 타자들을 농락하고 있 어요!]

[아주 팔색조 같은 모습입니다! 이런 선수들이 롱런하는 법이죠!]

1회를 오른손으로만 던지면서 불거졌던 스위치 피칭의 문 제에 대한 논란은, 김신이 왼손 투구를 펼치면서부터 눈 녹

듯이 사라졌고.

그 자리를 메운 것은 또다시 기대에 부응하는 호투를 펼치는 김신에게 보내지는 야구팬들의 환호성.

그러나 팀의 유망주에게 환호를 보내는 팬들과 달리 메이저리그 최고의 특등석에 앉은 남자는 눈매를 가늘게 좁혔다.

'어제 무리한 게 분명해. 그래서 저렇게 던지는 거야.'

어젯밤, 김신과 밤중 훈련을 했던 양키스의 차차기 캡틴은 김신의 투구 내용을 보며 그의 추측을 확신했다.

하나.

'그런데도 저 정도라……. 저게 내 파트너란 말이지?'

그 추측이 이끌어 낸 것은, 저열한 시기나 질투 따위가 아닌 어떠한 열망.

"Kim Will Rock You!"

지금 마운드에 선 남자가 받고 있는 저 환호가, 자신에게 쏟아질 것에 대한 기대감.

'나도 어서 빨리……!'

그렇게 불꽃을 내재한 채 눈을 빛내고 있는 산체스의 모습을 지켜보는 남자가 있었다.

"여, 루키."

"캐, 캡틴!"

지명타자로 출장한 터라 더그아웃에서 팀의 수비를 바라보고 있던 양키스의 현 캡틴.

"어젯밤에 뭐 했어?"

"예?"

어젯밤, 김신과 산체스가 함께 사라지는 것을 눈여겨봤던 유일한 남자가 산체스의 옆에 털썩 주저앉았다.

"그게……."

당장 내일 선발 출전할 투수와 밤늦게까지 훈련을 했다고 이실직고할 수는 없는 일.

산체스가 말을 흐리는 찰나.

데릭 지터는 그라운드를 턱짓했다.

"됐고. 어때?"

"뭐, 뭐가 말입니까?"

"뭐긴 뭐야. 뛰고 싶냐고."

그 덤덤한 질문에 게리 산체스는 반사적으로 더그아웃이 떠나가라 소리쳤다.

"옙!"

김신과는 다른 종류, 풋풋한 루키의 패기에 미소 지은 데릭 지터는.

"패기는 좋군. 오늘 기회가 올 거 같으니까, 대기하고 있어."

"예?"

"방망이 잘 챙겨 두라고. 같은 달에 합류한 동기라면 동긴데, 너도 한 건 해야지. 아, 어제부로 남편 됐나?"

"……."

예언을 남긴 채 떠나가는 것이었다.

[아웃! 6회 말, 양키스의 공격으로 찾아뵙겠습니다!]

6회 말의 선두타자로서 방망이를 챙기는 그 뒷모습을 잠시 응시하던 게리 산체스는.

고개를 돌려 전광판을 바라보았다.

6-1.

루키를 부담 없이 내보내기에 아주 좋은 점수 차이가 그곳에 박혀 있었다.

그리고 시간이 흘러, 8회 말.

"산체스! 준비해!"

데릭 지터의 예언은 맞아들었고.

선배들이 차려 놓은 밥상에.

[뉴욕 양키스. 핀치 히터, 넘버 24 게리~! 산체스!]

게리 산체스가 숟가락을 들고 앉았다.

점수는 더욱더 벌어진, 9-2.

[이 친구가 오늘 데뷔하는군요. 김신 선수와 같은 19살의 루키입니다.]

[확실히 지금 루키가 데뷔하기엔 딱 적절한 순간이네요. 이런 기회는 별로 없죠.]

[그렇습니다. 만약 이 친구가 자리를 잡으면, 양키스의 평균 나이가 확실히 떨어지겠군요.]

[말씀대로 양키스에 전체적으로 세대교체가 필요하긴 합니다만, 과연 게리 산체스가 김신 선수와 함께 그 첨병이 될 수 있을지는 지켜봐야겠

습니다.]

부웅– 부웅–!

몇 번의 연습 스윙 끝에 배터 박스에 자리 잡은 게리 산
체스.

그 순간, 그의 귀로 관중의 응원 한마디가 박혀 들었다.

"한 방 날려 버려!"

그리고 그 응원과 같이.

따악–!

[큽니다! 우측 담장!]

게리 산체스가 메이저리그라는 별들의 전장에서 처음으로
때려 낸 하얀 공은.

[넘어갑니다! 언빌리버블! 게리 산체스, 데뷔 타석 홈런! 쐐기를 박는
스리런 홈런을 꽂아 넣습니다!]

신입을 환영하는 여신의 짧은 치맛자락 속으로 빨려 들어
갔다.

"와아아아아–!"

"너 이 자식, 내가 눈여겨본다!"

그러나.

관중은 새로운 루키의 등장에 열광했고.

"올해는 정말 뭔가 터져도 터지겠군."

루키들의 활약에 데릭 지터는 기쁜 웃음을 지었지만.

"미친……."

아이싱을 한 채 더그아웃에 앉아 있던 한 남자만은.

"벌써부터 저래 버리면 플랜이 꼬이는데."

자칫 망가질 수도 있는 어떤 계획을 걱정하며 고개를 저었다.

〈김신 7이닝 1실점 호투! 게리 산체스 스리런! 양키스의 미래는 밝다?〉

데뷔 타석 홈런.

김신의 것과 같은 압도적인 충격을 주진 못했지만, 산체스의 데뷔 또한 양키스 팬들을 달아오르게 하기엔 충분했다.

노쇠해 가는 팀을 걱정하던 그들에게, 미래의 희망을 보여준 것이나 다름없었으니까.

하나 그 기쁨은 채 하루도 가지 못했으니.

다음 날, 양키스 팬들은 물론이거니와 야구팬들 모두가 기함을 금치 못하는 사실이 만천하에 드러났다.

〈미첼 리포트 이후 최대의 스캔들, 바이오 제네시스를 주목하라!〉

〈또, 또! 약물 파동! 메이저리그, 이대로 괜찮은가〉

바이오 제네시스 스캔들.

플로리다에 위치한 '바이오 제네시스 오브 아메리카'라는 다이어트, 호르몬 대체 요법 전문 클리닉이 메이저리그 선수들에게 금지 약물을 유통한 스캔들.

어이없게도 직원의 임금 체불로 인해 세상 밖으로 흘러나왔던 그 스캔들이, 1년이라는 시간을 뛰어넘어 전미를 강타했다.

그 명단은.

멜키 카브레라, 야스마니 그란달을 필두로.

2005년 아메리칸리그 사이 영 수상자 바톨로 콜론.

2011년 내셔널리그 MVP 수상자 라이언 브론.

뉴욕 메츠의 주전 포수로 발돋움한 프란시스코 서벨리.

리그 최고의 2루수 소리를 듣던 로빈슨 카노.

그리고 마지막.

메이저리그 최고 연봉의 사나이, 알렉스 로드리게스.

명단이 공개된 순간, 구단을 막론하고 야구팬 전체가 활화산처럼 끓어오르는 분노를 표출했다.

　-WTF! A-rod 이 개새끼는 또 했어?

　-또 했다고? 또 했어? 어이구……!

　-답도 없다, 진짜.

그러나 그 분노는 곧 의아함과 놀람으로 바뀌고 말았다.

　─잠깐, 서벨리랑 카노. 얘네 양키스가 얼마 전에 다 트레이드한 놈들이잖아.

　─홀리 싯! 캐시먼이 미리 알고 사기 친 거야?

　─심리적 확신은 든다. A-rod는 데려갈 구단이 없어서 못 보냈지만, 나머지는 다 보냈는데?

　─NO! 페르난도 마르티네즈라는 애도 안 보냈어.

　─마이너 떨거지는 상관없다 이거 아냐?

　─맞네, 맞아. 캐시먼 이 새끼가 감히 우리 구단에 똥을 뿌려? 상도덕도 없는 개자식!

　그 의아함과 놀람이 또 다른 분노로 바뀌는 건 순식간.

　양키스 홈페이지와 메인 팬 커뮤니티는 순식간에 타 구단 팬들에 의해 초토화가 되었다.

　그리고 그것을 기다리기라도 했다는 양, 때맞춰 캐시먼의 기자회견이 열렸다.

　"캐시먼 단장님! 이번 바이오 제네시스 스캔들을 미리 알고 계셨다는 게 사실입니까!"

　"미리 알고도 그걸 이용한 겁니까!"

　빗발치는 기자들의 질문에 캐시먼은 모르쇠로 일관했고.

　"전혀 모르는 일입니다. 저는 그저 우리 양키스의 시즌 전

략에 맞춰 트레이드했을 뿐, 미리 알았다는 건 전혀 사실무
근의 유언비어입니다."

한발 더 나아가.

"현시간부로, 저와 양키스를 향한 무분별한 비난과 모욕
을 즉각 중지해 주십시오. 만일 사태가 지속될 경우, 법적 조
치를 검토하겠습니다."

'고소'라는 전가의 보도를 빼 들고 전미의 야구팬들을 겁박
했다.

그 호쾌한 일갈에, 기자회견을 지켜보던 양키스 팬들은 축
배를 들었으며.

"역시! 역시 캐시먼! 난 믿었다고!"

"카노 그 새끼가 약쟁이일 줄 누가 알았어? 다행이지, 참
다행이야."

"A-rod 그 개새끼만 아니었으면 정말 좋았을 텐데. Fuck!"

"괜찮아, 괜찮아. 킴과 산체스가 있잖아. 올해 기대해 보
자고."

아무도 모르지만, 이 사태를 초래한 한 남자는……

"서벨리 씨, 약물 검사에 응해 주셔야겠습니다."

"이런 젠장!"

도살장에 끌려가는 소와 같이, 검사장으로 끌려갔고.

똥을 푸짐하게 선물받은 뉴욕 메츠와 클리블랜드 인디언
스의 단장들은.

"이 사기꾼!"

"끄악!"

뒷목을 부여잡고 쓰러졌다.

"흐흐."

캐시먼이 업계 최고의 찬사를 얻는 순간이었다.

그리고 그 시각.

이 사태를 조종한 배후의 흑막과 필드에서 뛰어다니며 사건을 양지로 밀어 낸 집행자는.

"결국 모든 게 킴의 생각대로 됐군요."

–잘 끝나서 다행입니다.

서로 다른 자리에서, 조용히 서로를 치하했다.

"본인의 사건을 키워 놓고 그걸로 관계자를 협박할 생각을 다 하시다니, 이거 절정의 심리전입니다. 킴이랑 포커 같은 거라도 쳤다간 패가망신하겠어요."

–하하, 아닙니다. 실제 실행한 건 헤빈이지 않습니까. 그리고 저 도박 안 합니다.

"그나저나…… 정말 말씀 안 해 주실 겁니까?"

–뭘요?

"이걸 도대체 어떻게 아신 건지요."

–영업 비밀입니다. 아, 산체스가 부르는군요. 이만 끊겠습니다.

"킴……!"

뚝—!

일방적으로 끊어진 전화기를 바라보며.

불안해하는 내부 직원을 채찍과 당근으로 꼬드겨 낸.

완벽한 명단과 증거를 가지고 언론을 휘두른 남자는.

"훗, 영업 비밀이라……. 항상 예상을 뛰어넘는 인물이야."

조용히 미소 지었다.

그 이름은, 헤빈 디그라이언.

이번 사건을 통해 사기꾼이라고 불릴 만한 수혜를 얻은 또 다른 한 명.

띠리리리링—!

"예, 에이전트 헤빈 디그라이언입니다."

그의 전화기가 불난 듯 울렸다.

"무슨 전화야?"

"아, 별거 아니야. 신경 안 써도 돼."

"흐음……."

훈련 시작 직전, 갑자기 전화를 받는다며 자리를 비웠다가 돌아온 김신을 바라보며 게리 산체스는 음흉한 표정을 지었다.

"여자?"

"에이, 아니야."

"아니기는……. 슬슬 여자가 꼬일 만도 하지. 누구야? 어떤 사람이야?"

"아니라니까?"

"얘기해 봐. 내가 또 그런 데 전문이거든."

물 만난 고기처럼 끈질기게 추궁해 오는 게리 산체스.

요즈음 캐서린과 만남도 가지고 연락도 수시로 주고받고 있는 김신으로서는 뜨끔할 수밖에 없는 일이었지만.

'전문은 무슨……. 결혼도 못할 뻔한 주제에.'

지난 생, 산체스의 연애 사업이 어땠는지를 떠올린 김신은 코웃음을 치며 화제도 돌릴 겸 줄곧 궁금했던 점을 입에 담았다.

"그나저나 웬일이야? 네가 먼저 훈련하자고 할 줄은 몰랐는데."

"아, 그거? 맛보니까 더 맛보고 싶더라고. 그러려면 훈련해야 하잖아."

"뭐?"

"지난번에 홈런 쳤을 때 말이야. 엄청 짜릿했거든, 정말로."

진심이 듬뿍 담긴 산체스의 표정과 어투에, 김신은 겉으로 표현하진 않았지만 놀람을 금치 못했다.

'이게 또 이렇게 풀린다고?'

산체스 구제 계획의 첫 번째, 충격 요법.

일단 충격을 주기 위해 세 번째 백업 포수나 대타 요원으로서의 자격 정도는 충분한 그에게 과장된 쓴소리를 뱉은 게 바로 그제였다.

그런데 어제 대타로 나서 데뷔 타석 홈런을 쳐 내는 모습에, 또 어떻게 빌드 업을 쌓아야 하나 고민했던 게 방금 전이었는데.

"왜 그렇게 봐?"

"……아냐."

산체스는 그의 예상과 달리 오히려 더욱더 열정을 불태우고 있었다.

'뭐, 좋은 게 좋은 거겠지. 일단 훈련의 필요성만큼은 제대로 느끼고 있는 거 같으니까.'

그러나 고개를 갸웃하며 투구를 위해 이동하던 김신의 등 뒤로 들려온 말은.

"아, 참, 캡틴이 이번 한 번만 그냥 넘어가는 거래. 다시 한번 그러면 각오하라던데?"

어떻게 일이 이렇게 잘 풀렸는지 김신에게 알려 오고 있었다.

"캡틴?"

"응, 양키스에 캡틴이 또 있어? 데릭 지터, 그분 말이야. 우리 저번에 훈련한 거 알고 계시더라고."

이제는 사라져 버린 미래.

산체스의 데뷔는 데릭 지터의 은퇴 후에 이루어졌었다.

즉, 두 사람 사이에 접점이란 게 거의 없었다는 뜻.

하지만 달라진 현재, 산체스와 데릭 지터는 서로 더그아웃에서 마주하는 사이가 되었고.

'둘 사이에 뭔가 있었나 보군.'

산체스의 지금 태도에는, 자신의 노력뿐만 아니라 데릭 지터가 남긴 무언가 또한 이바지하고 있음을 김신은 알아챘다.

'들켜도 아주 제대로 잘 들켰구면.'

다른 사람에게 들켰다면 일이 이상하게 꼬일 수도 있었던 상황.

김신은 순풍에 돛을 단 배처럼 시원스레 전개돼 나가는 밝은 앞날에 미소 지으며.

뻐엉-!

"집중해!"

함께 노를 잡을 선원을 향해 공을 뿌렸다.

"후우…… 오늘은 여기까지 하자."

어느새 서쪽 하늘에 걸린 태양의 자취를 좇으며, 김신은 마운드에서 걸어 내려왔다.

"오늘 괜찮았으니까, 그 느낌 잘 기억해. 까먹지 말고."

자발적인 동기부여에 이은 자발적인 포구 훈련.

얼마 전까지 수비 훈련이라면 질색하던 산체스로서는 아주 기특하다고 할 만한 일이었지만.

김신은 산체스 구제 계획의 2, 3단계를 잊지 않고 그를 자극하기 위한 포문을 열었다.

하나.

"어, 그럴게."

순순한 대답에 이어, 산체스의 입에서 예상치 못한 문장이 흘러나왔다.

"마침 시간도 다 됐네. 가자."

따라오라는 듯 다짜고짜 장비를 챙겨 자신의 차로 성큼성큼 걸음을 옮기는 산체스.

"무슨 소리야? 어딜 가?"

의아해진 김신의 물음에 산체스는.

"무슨 소리긴. 오늘 밤에 파티 있잖아."

더욱더 알 수 없는 소리를 내뱉는 것이었다.

하지만 산전수전 다 겪은 김신의 뇌는 몇 가지 단서를 토대로 결론을 도출했다.

'아까 대뜸 여자 얘기 꺼낸 게 이것 때문이었나? 파티라고? 이 자식이⋯⋯!'

1년에 절반 이상을 타지에서 보내는 메이저리거의 특성상, '현지처'를 두거나 잦은 '원나잇'을 즐기는 선수들이 더러 있다.

심지어 결혼을 한 유부남들까지도 하룻밤 즐기는 걸 대수롭지 않게 생각할 정도.

물론 김신 스스로는 좋아하는 일이 아니었지만, 지난 생에서는 야구 이외의 다른 것들에 신경 쓸 여유가 없어 방관자적 태도를 취했다.

미혼인 선수라면 딱히 문제라고 하기 어려운 일이기도 하고.

그러나 산체스에게는 이야기가 달랐다.

'간신히 잡아 놨더니만.'

미혼인 건 맞지만 산체스는 이제 한창 성장해야 할 시기.

이런 중요한 시간에 '연상의 금발 미녀'에 빠진다면 김신이 기대하고, 미래의 산체스가 바랐던 만큼 성장할 수 없을 것이 분명했다.

더군다나 지난 생의 산체스는 이러지 않았었다.

즉, 누군가 바람을 불어넣은 사람이 있다는 뜻.

'누구지, 도대체?'

김신이 머릿속으로 몇몇 선수들의 이름을 떠올리며 산체스를 제지하려 할 찰나.

"아, 내가 말 안 했었나?"

깜빡했다는 듯 돌아선 산체스는 김신에게 사실을 고했다.

"캡틴이 오늘 스위트룸에서 파티 연다고 했어. 너한테도 꼭 참석하라고 전하라고 했고. 우유 먹으면서 들었던 얘기를 기억하라던데?"

"아……."

그 말에 김신의 망상이 푸시식 소리를 내며 순식간에 자취를 감췄다.

김신에게 '팀과 하나가 돼라'라는 조언을 남겼으며.

산체스의 태도 변화에 이바지한 듯 보이는 데릭 지터가 보낸 초대.

'직접 판을 깔아 주려고 하나 보군.'

명색이 파티이니 미녀들이 아예 없지는 않겠지만, 스스로가 생각한 것만큼 광란의 분위기는 아니리라.

그와 산체스만을 위해 연 것은 아니겠지만, 어쨌든 도움을 주려 하는 것이리라 판단한 김신은 고개를 끄덕이며 산체스를 따랐다.

"넌 인마, 그런 걸 깜빡하냐? 내가 약속 있었으면 어쩔 뻔했어?"

물론 핀잔을 건네는 것은 잊지 않고서.

"미안, 미안. 그리고 약속 있어도 깨야 하지 않겠나?"

"뭐? 어휴……!"

"이크, 옷 갈아입고 하면 늦을 수도 있겠다. 빨리 가자."

"야, 거기 가서 여자한테 헤롱거리지 마. 너 지금 중요한 시기인 거 알지?"

"너나 조심해. 여자는 너보다 내가 전문가일걸."

"허히……."

산체스의 호언장담에 코웃음 치며 파티장으로 향한 김신.

그러나 산체스의 일탈을 제지하겠노라 다짐한 그곳에서 곤란한 상황에 빠진 것은 오히려.

"반가워요, 김신 선수."

"……처음 뵙겠습니다. 김신입니다."

김신이었다.

"여기서도 야구에만 집중할 건 아니죠?"

한번 정한 타깃은 놓치지 않는 슈퍼히어로가 웃었다.

인스트럭터

뉴욕의 왕.

데릭 지터의 칭호 중 하나.

그것은 뉴욕 양키스라는 한 팀에서만 커리어 내내 헌신한 리그 최고의 유격수를 향한 찬사이기도 하지만, 이면에는 약간의 부러움과 조롱이 섞여 있는 칭호이기도 하다.

젊었을 적 거의 매일 밤 뉴욕의 밤거리를 배회하며, 아름다운 여성과 원나잇을 즐기고는, 그녀에게 사인볼을 선물하는 지터의 행태를 꼬집는 칭호이기도 한 것이다.

그러나 지터의 나이도 어느덧 만 38세.

두 달 후면 만 39세가 되는 불혹에 가까운 나이.

뉴욕의 왕이 열었다기에는 믿을 수 없을 만큼 건전한 파티에 발을 들인 김신은 고개를 끄덕였다.

'하긴 이제 곧 한나 데이비스와 만날 때니까. 건전해질 만도 하지.'

1년 뒤인 2013년.

데릭 지터가 수많은 염문을 뒤로하고 정착하게 될 폭발적인 몸매의 금발 미녀 모델, 한나 데이비스.

언젠가 보았던 잡지 표지의 폭발적인 그 미모를 떠올리던 김신은 이내 고개를 저어 그것을 흩어 내고는, 파티장을 가득 채운 면면을 향해 고개를 돌렸다.

'많이도 왔군. 캡틴이 압력을 좀 넣은 건가.'

차기 캡틴이 될 남자, 브렛 가드너.

뉴욕 양키스에 새로 합류한 한국산 외야수, 추신서.

외야 백업이나 지명타자로 출장하고 있는 라울 이바네즈와 닉 스위셔.

로빈슨 카노와 A-rod의 이탈로 내야 백업에서 주전이 된 에두아르도 누네즈, 에릭 차베스.

선발 자리를 두고 경쟁하고 있는 젊은 투수들, 이반 노바와 필 휴즈.

그리고 멀찍이서 김신을 발견하고 손을 흔드는 러셀 마틴까지.

팀원들을 한차례 훑은 김신의 시야가 팀의 뒷문을 책임지는 남자들에게로 향했다.

'끝이다. 꼭 막아야 해.'

양키스의 탄탄한 불펜진을 이루는 셋업맨 데이비드 로버트슨과 코어4로 이름 높은 마무리 마리아노 리베라.

아직 벌어지지 않은 일이긴 하지만, 두 사람은 곧 부상을 입고 시즌 이탈. 양키스 불펜진에 시원한 구멍이 뚫릴 예정이었다.

하지만.

'리베라는 수비 훈련 도중 십자인대 부상. 로버트슨은…….'

알렉스 로드리게스라는 짐이 없어질 예정인 2012시즌.

김신이 안배해 놓은 원석들이 보석으로 탈바꿈하기 전, 암흑기를 거칠 양키스의 미래 중 유일하게 우승을 바라볼 만한 순간.

'놓칠 수 없지.'

양키스만을 편애하는 회귀자가 날카로운 이를 드러내며 웃을 찰나.

"와아……!"

산체스의 탄성이 그의 귀를 간질였다.

거의 넋이 나간 채 파티장을 둘러보는 게리 산체스.

'아무리 수위가 낮은 파티여도 자극이 좀 강한가.'

순진한 듯 귀여운 그 모습에 피식 웃은 김신은 무거운 상념에서 벗어나 산체스에게 타박을 건넸다.

"자칭 연애 전문가님은 어디 가셨나?"

"크, 크흠!"

익숙한 말소리에 그제야 정신을 차리는 게리 산체스.

그러나 산체스는 볼을 붉게 물들이면서도 김신에게 딜 교환을 걸어 왔다.

"이런 파티가 처음이라 그래, 처음이라. 익숙해지면 난리 난다고. 그리고 그러는 너도 넋 나가서 어쩔 줄을 모르더만?"

"뭐?"

김신은 산체스의 어이없는 억지에 곧바로 반박하고자 했으나.

"오, 애송이들! 이제 왔어?"

그 기회는 파티의 주인이 건넨 인사에 금세 파묻혀 사라졌다.

"안녕하십니까, 캡틴."

"안녕하세요!"

손에 잔 하나를 든 채 더없이 익숙한 모습으로 다가온 데릭 지터.

뉴욕의 왕은 자신의 영토를 방문한 손님들에게 어깨동무를 하며 연신 손가락으로 파티장을 가리켰다.

"자, 저기는 우리 팀원들이 모여 있고. 저기는 요즘 뜨는 셀럽들. 저기는 모델들. 어때? 좋지?"

"예, 예! 좋습니다!"

"그래, 내가 너희를 위해서 논알코올도 준비해 났다고. 우유보단 낫지 않겠어?"

"감사합니다!"

그 손가락을 따라 고개를 돌리며 좋아서 어쩔 줄 모르는 게리 산체스와 달리, 김신은 다른 것을 보고 있었다.

아니, 그 사람의 강렬한 시선에서 고개를 돌릴 수가 없었다.

그리고 그녀가 걸어왔다.

또각– 또각–!

어찌 흔들리지 않았겠는가.

가벼운 연락만 받아도, 흔한 미소 한 번에도 상상 속에서 아이까지 낳는 게 남자라는 동물인데.

또각– 또각–!

더군다나 곧 '그 영화'가 개봉하면 범접할 수 없는 할리우드 최고의 스타가 될 이 시대의 워너비인데.

또각– 또각–!

그 요염한 발걸음이 데릭 지터의 앞에서 멎었다.

"오! 스칼렛! 바쁠 텐데 와 줬네?"

"마침 근처에 있었어서. 오랜만이에요, 데릭."

매력적인 허스키 보이스, 정열의 빛을 내는 적발의 미녀.

곧 또 다른 세상에서 뉴욕을 지켜 낼 히어로.

스칼렛 로마프.

그녀와 간단히 인사를 나눈 데릭 지터가 다른 의미로 경악에 찬 두 남자를 소개하기 시작했다.

"오랜만이야. 아, 여기는 우리 팀 루키들. 조금 작은 친구가 게리 산체스고, 조금 큰 친구가 김신이야. 알지?"

"그럼요. 반가워요, 김신 선수. 게리 산체스 선수. 스칼렛 요한슨이에요. 양키스의 오랜 팬이죠."

"여, 영광입니다!"

"……처음 뵙겠습니다. 김신입니다."

그리고 인사가 끝나자, 약속이라도 된 것처럼 어깨동무한 채 그대로 산체스를 끌고 가는 데릭 지터.

"이리 오라고, 루키. 소개해 줄 사람이 있으니까."

"예? 예……."

그 모습에 김신은 당했다며 이를 갈았으나.

'젠장, 의도가 1~2개가 아니었군.'

곧이어 들려오는 속삭임에 굳어 버릴 수밖에 없었다.

"여기서도 야구에만 집중할 건 아니죠?"

충격과 공포의 바이오 제네시스 스캔들이 터진 다음 날.

캐시먼의 엄포에도 뉴욕 양키스 프런트를 향한 비난은 여전했으며.

스캔들에 연루된 선수들은 냉혹한 징계의 칼날을 두려워하며 몸을 떨었다.

하지만 시국이 어떻든 정해진 162경기를 치르기 위해선 멈출 수가 없는바.

2012년 4월 21일.

보스턴을 상대로 한 원정 2연전에서 기분 좋은 2승을 챙긴 양키스 선수들이 비행기에 올랐다.

목적지는 카우보이의 고향.

텍사스.

그곳에서 기다리고 있을 레인저들(Rangers)을 향해.

2010년, 2011년. 연속으로 월드시리즈에 진출했으며.

2011년에는 알버트 푸홀스의 세인트루이스 카디널스를 3-2 엘리미네이션 스코어, 그것도 9회 말 2아웃까지 몰아붙였던.

득점 3위, 안타 2위, 홈런 2위, 타율 1위, 장타력 2위에 빛나는 막강한 타격의 팀.

텍사스 레인저스.

자타가 공인하는 그 강팀을 상대하러 가는 길.

나이 든 베테랑들은 익숙한 듯 휴식을 취했고.

팔팔한 젊은 주전들은 자기들끼리 카드게임을 하기 바빴다.

하지만 그사이, 잘 차려입은 고급 양복이 불편한 듯 몸을 뒤척이고 있는 한 사람.

"산체스, 가만히 좀 있어라."

이제 겨우 두 번째 원정, 사실상 장거리 원정은 처음인 남자, 게리 산체스.

옆에 앉은 김신의 핀잔에 게리 산체스는 머리를 긁적였다.

"잠이 안 오는데."

"어휴, 그럼 영화라도 봐."

그러고는 다시 들고 있던 아이패드로 시선을 옮기는 김신에게, 산체스는 기다렸다는 듯 질문을 토해 냈다.

"넌 뭐 보는데?"

"텍사스 선수들 자료."

"어디서 났는데? 구단에서 제공한 거랑은 다른 거 같은데."

그 질문에 잠시간 김신의 말문이 막혔다.

'이걸 뭐라고 설명하지.'

그의 아이패드에 담겨 있는 자료는 헤빈의 도움을 얻어 취득한 현재의 자료와 그의 기억 속에 있는 정보를 혼합한 미래의 것이었기 때문이다.

하나 산전수전 다 겪은 김신의 뇌는 침착하게 답을 도출해 내었다.

"에이전트가 줬어. 넌 에이전트도 없냐?"

"에이전트가 그런 것도 해 줘?"

"요청은 해 봤어?"

"아니. 구단에서 주니 따로 요청하진 않았지."

"너도 요청해, 그럼."

"칫."

투덜대며 좌석에 몸을 깊숙이 묻는 산체스를 일별하고.

김신은 다시금 아이패드로 시선을 고정했다.

하지만 산체스의 질문은 끝난 것이 아니었다.

"어제는 어떻게 됐어?"

그 질문에 김신의 사고가 어젯밤, 4월 20일의 파티장으로 향했다.

애써 묻어 두고 있던 그곳으로.

─여기서도 야구에 집중할 건 아니죠?

상상도 못 했던 강렬한 첫 만남.

그러나 스캔들을 우려한 건지, 아니면 첫 만남부터 관계를 진전시킬 생각은 없었던 건지.

그녀는 그저 몇 마디 대화를 나눈 뒤, 번호 교환과 다음 만남을 약속하고는 떠나갔다.

─나중에 저녁이나 한 끼 해요, 스타와 팬으로서.

그리고 김신은 자신도 모르게 홀린 것처럼 번호를 건네고, 다음 만남을 약속했을 뿐.

"……별일 없었어."

"에이, 별일 없는 게 아닌 것 같던데."

"정말 별일 없었다니까."

"알았어, 알았어. 나중에 잘되면 말해 줘. 어디 소문 안 낼게."

전혀 알았다는 게 아닌 표정으로 의미심장한 웃음을 짓고는 안대를 눌러쓰는 게리 산체스.

그 모습을 보며 김신은 데릭 지터를 원망했다.

'캡틴이 루키한테 여자를 소개시켜 주다니. 아무리 뉴욕의 왕이라지만 이래도 돼? 그것도 자기랑 스캔들 났던 여자를?'

하나 진실로 타박하는 건 자기 자신.

"하아⋯⋯."

분명 캐서린과 깊은 관계가 된 것도 아니고, 애초부터 팬이었던 스타와의 만남을 미혼인 김신이 거절할 이유는 없었다.

하지만 공부를 잘한다는 이유로 과거 야구를 포기했을 정도로, 김신은 보수적인 남자였다.

여자관계에서까지도.

하나 월드스타의 거부할 수 없는 매력은 그 보수적인 남자를 뒤흔들기에 충분했고.

'스칼렛과 만남을 가지면 캐서린이⋯⋯. 이혼까지 했었고 미래에도 여러 번 결혼하는 여잔데⋯⋯. 그래도 지금은 애도 없고, 남편들이 문제가 있었던⋯⋯ 에이, 저녁이나 한 끼 하자는 거지, 어떤 관계가 되자는 것도 아닌데 무슨 이런⋯⋯!'

야구에만 미쳐 살았던 예전과 달리, 갑작스레 그의 머릿속을 가득 채운 야구 외적인 고민에.

'모르겠다. 일단 야구나 하자.'

결국 도피를 택한 김신.

그는 다시 아이패드로 시선을 고정했다.

동시에, 보수적인 모범생은 타고난 승부사로 변화했다.

그리고 그 승부사의 감각에, 수많은 스타플레이어 사이에 위치한 동양인의 사진이 포착됐다.

다르빗슈 유.

고등학생 때부터 일본 고교 야구 최대의 축제 고시엔을 초토화시키고 2007년부터 2011년까지 5년 동안 1점대 방어율을 기록하며 일본 프로야구를 지배했던 절대자.

현시점인 2012년은 그가 포스팅 시스템을 통해 5,170만 달러라는 거액을 받고 메이저리그에 상륙했던 때였다.

하지만.

'메이저 진출 첫해…… 한창 무너져 갈 때인가?'

총 3경기, 평균자책점 3.57, 평균 소화 이닝 6.

현재의 자료에는 그래도 나쁘지 않은 성적을 거두고 있는 것처럼 보이지만.

김신만이 알고 있는 미래에선 달랐다.

일본에서는 '언터처블'이라는 말로 대변될 정도로 압도적인 투수였던 다르빗슈 유.

하지만 메이저리그의 벽은 높았고, 그는 2012년 초중반까지 극심한 부진에 시달리게 된다.

　모든 구종이 플러스급 평가를 받는 선수답게 구위는 괜찮았지만, 문제는 그 모든 것의 기본이 되는 패스트볼.

　현재의 다르빗슈는 달라진 환경과 상대 탓에 패스트볼의 커맨드가 흔들리는 시기였다.

　'어차피 곧 극복하긴 하겠지만.'

　반대로 말하면 현재는 절대로 극복할 수 없는 단점 하나를 안고 있다는 말.

　'어디 보자. 출전일이…….'

　김신은 아이패드에 나와 있는 다르빗슈의 출전일을 계산해 보고는, 턱을 쓰다듬었다.

　'제일 가능성 높은 건 2차전. 1차전은 아마 거의 안 나올 거고, 잘하면 3차전에 나올 수도 있긴 하겠군.'

　김신의 선발 예정일은 3차전.

　어쩌면 둘의 맞대결이 성사될지도 몰랐다.

　'안 그래도 추 선배도 있는데, 나랑까지 붙으면 난리가 나겠는데.'

　임진왜란과 일제 강점기를 겪어 오면서 형성된…… 아니, 어쩌면 오랜 옛날 고조선이 건국될 때부터 시작됐는지도 모르는 한국과 일본의 앙숙 구도.

　그 둘이 맞부딪히는 한일전은 고래로 엄청난 관심을 받았고, 그에 보답이라도 하듯 명승부들이 줄을 이었다.

하지만 김신과 다르빗슈 유가 맞붙는다는 건, 그 이상이
었다.

같은 2012년에 데뷔한 데다 한쪽은 전대미문의 기록을 거
두며 연승 중인 것에 반해 한쪽은 원래 보여 줬던 압도적인
퍼포먼스를 거의 상실한 상황.

비교하기 좋아하는 두 나라의 국민들이 얼마나 침을 튀기
며 설전을 벌이고 있을지는 안 봐도 뻔했다.

　－다르빗슈는 곧 반등한다!

　－응, 퇴물 투수. 김신 반만큼도 못 하죠? NPB 수준 하고는.

　－더블에이급도 안 되는 KBO가 어딜! 김신도 운이 좋은 거지 곧
추락 확정.

　－지랄. 정신병 있냐?

가지고 있는 자부심만큼의 관심과 믿음이 어깨 위에 올려
질 것은 자명한 일.

하지만.

'재밌겠어. 아주.'

원래대로라면 역대 최고의 아시안 투수 소리를 들으며.

몇 년간 강력한 사이 영 컨탠더로서 추앙받았을 투수의 앞
을 고고히 가로막고 있는 남자는.

코웃음 치며 아이패드를 덮고 자리에서 일어났다.

그러고는 천천히 걸음을 옮겼다. 같은 감정을 공유하고 있을, 또 다른 동양인을 향해.

그 뒷모습에, 고민의 기색은 흔적도 비치지 않았다.

빵은 떨어질 때 꼭 잼이 발려 있는 쪽으로 떨어지게 마련이고, 소나기는 꼭 우산을 안 들고 나온 그날에 오는 법.

〈레인저스 2차전 선발은 스캇 필드먼!〉

등판 시기로 따지자면 다르빗슈가 출전해야 했을 2차전에 다른 투수가 선발 출전할 때부터 서서히 고조되기 시작한 긴장감은…….

〈양키스 3차전 선발, 김신!〉

〈레인저스 3차전 선발, 다르빗슈 유!〉

양키스와 레인저스가 서로 1승 1패씩을 주고받은 3차전.

시리즈의 승패를 좌우하는 마지막 경기에서.

운명의 장난처럼, 기어이 두 사람의 맞대결이 성사되었을 때.

〈다르빗슈 유 VS 김신! 동양인 투수의 자존심을 건 맞대결!〉

빅뱅을 일으키며 폭발했고.

　-그래, 잘 만났다! 처발려 봐야 정신 차리지!
　-김신이 완봉하고 추신서가 4안타 치면 딱이네. 개꿀!
　-김신 완봉은 모르겠는데 추신서 4안타가 상식적으로 되나? ㅉㅉ

한국과.

　-히어로! 너의 힘을 보여 줘!
　-조센징 놈들 코를 납작하게 해 줄 기회네.
　-대일본의 명예를 걸고 던져라!

일본 팬들의 끓는점은 순식간에 돌파되었다.
그리고 마침내 찾아온 결전 당일.
뻐엉-!
'뭐지.'
불펜에서 김신의 공을 받아 주던 게리 산체스는 아려 오는
손바닥에 고개를 갸웃했다.
'생각해 보니까 오늘 아침, 아니, 어젯밤부터 영 이상한데.'
아무리 등판 전날이라고 해도, 등판 당일이라고 해도.
불펜 피칭을 시작하기 전까지의 김신은 예민하디예민한
평범한 선발 투수들과 달랐다.

산체스 자신은 물론이거니와 다른 팀원들과도 이야기하고, 장난도 치는 사람이었으니까.

하나 오늘의…… 아니, 어젯밤부터의 김신은 그렇지 않았다.

마치 나라의 명운을 건 대전을 준비하는 장수와 같이.

극도로 절제된 기세를 줄기줄기 내뿜고 있었다.

뻐엉-!

'뭔 일 있나?'

현재의 산체스는 모르는 김신의 모습.

콜업이 늦어 확인하지 못한, 데뷔전 퍼펙트를 달성하기 직전의 그것과 같은 모습.

그것은 김신이 평범한 페넌트레이스 경기가 아닌, 빅게임을 앞둔 상태의 모습이었다.

뻐엉-!

스스로의 어깨를 짓누르는 부담감과 기대를.

내면에서 솟아오르는 승리에 대한 갈망을.

마음의 빈틈을 파고드는 패배에 대한 불안을.

모두 한 점으로 모아…….

뻐엉-!

마치 프로게이머가 불의의 상황 속에서도 무의식적으로 딜 사이클을 돌리고.

축구 선수가 눈 감고도 정확한 위치에 공을 차 넣는 수준과 같은 예열(豫熱).

그리고 그것을 뛰어넘어 경기를 즐기는 수준에 도달하는 승화(昇華).

뻐엉—!

김신이 과거 빅게임 피처, 클러치 피처라고 불렸던 이유.

"오케이, 여기까지 할게."

"으, 응."

칼같이 불펜 투구를 끝내고 돌아서는 김신에게, 산체스는 아무것도 물을 수 없었다.

'여자 때문인가? 아니, 그런 것 같진 않은데…….'

하지만.

따악—!

그 이유를 물어볼 만한 사람이 양키스에는 한 명 있었으니.

"미스터 추."

"응? 산체스, 무슨 일이지?"

김신과 동향에서 왔다는 베테랑 외야수, 추신서.

'이 사람은 알 수도 있어.'

전날 비행기에서 김신과 그가 대화를 나누는 것을 똑똑히 보았던 산체스는 한결 편안한 모습의 추신서에게 냉큼 질문을 던졌다.

"오늘 경기가 김신한테 어떤…… 큰 의미가 있는 경기인가요?"

떠듬떠듬 익숙지 않은 영어로 토해 낸 질문의 내용.

갓 불펜 피칭을 끝내고 온 것 같은 산체스의 복장을 확인한 추신서는 피식 웃고는.

자신의 방망이를 바라보며 나직이 답했다.

"절대 지고 싶지 않은 경기."

"오늘 경기가요? 왜요?"

"상대 투수가 일본 투수잖아. 그것도 에이스."

"⋯⋯?"

충분한 대답이 되지 않았다는 듯 미간을 찌푸린 채 멈춰 서 있는 산체스를 향해.

추신서는 한마디를 덧붙이며 피칭 머신의 버튼을 눌렀다.

"원래 한일전에서는 가위바위보도 지면 안 되거든."

따악ㅡ!

[안녕하십니까, 시청자 여러분! 여기는 텍사스 레인저스의 홈구장, 레인저스 볼파크 인 알링턴입니다!]

양키스와 텍사스 레인저스의 3연전 마지막 경기.

현재까지 전적은 1승 1패, 양키스로서도, 텍사스로서도 시리즈를 가져오기 위해 총력을 다해야 할 경기.

홈팀의 선발 투수, 다르빗슈 유가 마운드에 올랐다.

NPB를 손안에 두고 쥐락펴락했던 절대자가 아닌, 도전자의 얼굴로.

"후우……."

그런 다르빗슈 유의 눈에 들어온 것은.

경기장을 가득 메우고 자신을 응원하는 텍사스의 팬들과.

오만하게도 오직 등번호만을 박아 둔 회색 원정 유니폼을 입은 남자들.

'뉴욕 양키스.'

내셔널리그의 LA 다저스와 함께 영원한 우승 후보라고 불리는 악의 제국.

그의 소속 팀 텍사스가 지난 2년간의 실패를 뒤집는 데 가장 큰 걸림돌이 될 팀 중 하나.

그리고 생각의 흐름을 따라, 그 선봉에 서 있는 남자가 머릿속을 채운 순간.

꽈악—!

다르빗슈는 쥐여진 하얀 공을 꽉 움켜쥐었다.

'김신.'

혜성같이 등장하여 메이저리그를 뒤흔들고 있는 사내.

시즌 내내…… 아니, 당장 이번 경기부터 그와 팀의 앞을 단단히 가로막고 있는 남자.

그와 자신을 두고 미국의 팬들뿐 아니라 고국의 팬들이 어떤 설전을 벌이고 있는지, 다르빗슈는 아주 잘 알고 있었다.

일본과 한국, 오랜 시간 이어져 온 앙숙.

그 앙숙 관계를 그와 김신에게 투영하고 있다는 것을.

하지만.

'그런 건 전혀 중요하지 않아.'

지금 다르빗슈의 가슴속을 채우고 있는 것은 일본을 대표하여 한국의 대표를 무너뜨려야 한다는 사명감 같은 것이 아니었다.

애초에 한국을 싫어하는 편도 아니거니와, 그들의 분노가 정당한 부분이 있다고 생각하는 사람이었으니까.

그런 다르빗슈의 심장을 뛰게 만드는 것은 오직.

'이기고 싶다.'

승부욕.

차라리 적나라하기까지 한 그것.

NPB에서의 첫 시즌, 5승 5패 ERA 3.53을 기록했던 그를 리그의 지배자로 끌어올렸던 원동력이자, 머지않은 미래, 그를 사이 영 컨탠더로 끌어올릴 그 힘이었다.

'그리고 오늘은 왠지, 될 것 같아.'

자신과 같은 시기에 데뷔하여 승승장구하고 있는 사내를.

한발 앞서 메이저리그를 폭격하고 있는 경쟁자를 향한 투쟁심에 반응한 것인지도 몰랐다.

뻐엉-!

"오, 유우! 오늘 좋은데?"

"감사합니다."

메이저에 진출한 이래, 계속해서 그의 발목을 붙잡아 왔던 패스트볼의 제구가.

뻐엉-!

오늘만큼은 말을 듣고 있었다.

"플레이볼!"

그리고 시작된 경기.

타석에 악의 제국을 이끄는 지휘관이 모습을 드러냈다.

'데릭 지터.'

그는 분명 대단한 타자다.

메이저리그 최고의 스타라고 불려도 손색이 없을 만큼.

하지만 다르빗슈가 메이저리거로서 치른 게임은 이제 고작 네 번째.

시범 경기 리그조차 다른 양키스와 레인저스가 만나는 것은 이번이 처음.

뻐엉-!

[초구 스트라이크! 안쪽 낮은 코스를 아슬아슬하게 꿰뚫습니다!]

[상당히 위험한 코스였는데 절묘하게 집어넣었군요.]

첫 만남에서 유리한 쪽은 말할 것도 없이 투수였고.

부우우우웅-!

[스윙 앤 어 미스! 다르빗슈의 저 슬라이더는 정말 일품입니다!]

[완벽히 속구와 같은 폼에서 쏟아지기 때문에 우타자로서는 콘택트해

내기 만만치 않죠.]

패스트볼 제구가 안정된 다르빗슈라는 인물은 수십 번 만났다고 해도 공략하기 쉬운 투수가 아니었다.

딱-!

[완전히 먹혔습니다! 유격수 엘비스 앤드루스, 가볍게 잡아서 1루에! 아웃!]

[마지막엔 스플리터였군요. NPB 출신 투수들이 곧잘 던지는 구종이죠.]

데릭 지터가 유격수 땅볼 아웃으로 물러난 뒤, 타석에 올라온 2번 타자 커티스 그랜더슨.

따악-!

[높이 뜹니다. 중견수 조시 해밀턴……! 아웃!]

중견수 플라이아웃.

3번 타자 추신서.

"하앗-!"

단단한 패스트볼 위에 메이저리그 최정상급이라 평가받는 브레이킹 볼이 흘러내리고.

부우우웅-!

[스윙 앤 어 미스! 삼진! 다르빗슈 유, 1회 초를 삼자범퇴로 기분 좋게 시작합니다!]

다르빗슈는 자신이 '사이 영 위너'급 실링을 가졌다는 걸 유감없이 증명하기 시작했다.

안정적인 호흡으로 마운드를 내려가는 다르빗슈의 뒷모습에.

오늘 경기 9번 타자로 출장한 브렛 가드너는 고개를 저었다.

"젠장, 오늘 쉽지 않겠는데."

하나.

"1점만 내 주세요."

바로 다음 순간, 마운드로 걸어가기 시작한 것은.

[김신 선수! 자랑스러운 대한민국의 투수, 김신 선수입니다!]

'사이 영'급 실링을 가지고 있는 남자.

'이 정도는 해 줘야 무너뜨릴 맛이 있지.'

게리 산체스에 뒤지지 않는 관심 종자가 경기장을 가득 메운 텍사스 팬들 앞에서 자신의 실링을 내보이기 시작했다.

뻐엉-!

야구가 투수 놀음이라는 말에 고개를 끄덕이는 이유는 무엇 때문인가.

강력한 원투 펀치를 가진 팀이 단기전에서 유리한 이유는 무엇 때문인가.

뻐엉-!

그것은 한 경기의 승패에 가장 큰 영향을 미치는 존재가.

그날의 선발 투수이기 때문일 것이다.

홀로 아홉 명의 약탈자를 막아 내야 하는 자.

승부라는 행위의 시작 버튼을 자신의 손으로 누를 수 있는 자.

뻐엉―!

기록지에 승패의 향방이 적히는 유일한 보직, 투수.

그 보직에 가장 잘 어울리는 남자가 마운드에서 채찍을 휘둘렀다.

"굿! 아주 좋아. 오늘 포심이 죽여주네. 손바닥이 아플 정돈데?"

"이제 브레이킹 볼도 좀 던져 볼게요."

"그래, 그래."

뻐엉―!

약물 스캔들에 연루되었음에도, 뻔뻔스럽게 더그아웃에 앉아 머리를 쳐들고 있는 누군가도.

그의 머릿속을 복잡하게 만드는 두 여자도.

그가 세워 나가고 있는 금자탑에 열광하고 있는 사람들도 모두 머릿속에서 지워 버리고.

두근― 두근―!

오롯이 적을 향해 약동하는 사자의 심장에만 집중한 채.

못자리에 들어서는 먹잇감에게 혀를 날름거리는 냉혈한의 눈앞에.

[나우 배팅! 넘버 5! 이안- 킨슬러!]

텍사스 레인저스의 1번 타자가 가련한 자태를 드러냈다.

이안 킨슬러.

텍사스에 지명받고 텍사스에서 데뷔한 프랜차이즈 스타.

바로 얼마 전, 4월 11일. 5년 7500만 달러의 계약을 체결하고 마이클 영의 뒤를 이어 텍사스를 이끌 것이라 기대받는 레인저스의 첨병.

지난 시즌 30-30을 달성한 호타 준족.

하나…… 그래서 어쩌란 말인가.

'어차피 넘어야 할 언덕에 불과하다!'

뻐엉-!

힘을 가득 담은 김신의 오른손 스트레이트가 타자의 몸 쪽 깊숙한 곳으로 날아들었다.

[역시 우리 김신 선수, 자신감이 넘칩니다! 아쉽게 볼이 되긴 했습니다만. 이래도 타석에 붙을 거냐고 윽박지르고 있어요!]

[아주 중요한 초구를 기선 제압으로 적절히 활용했다고 할 수 있습니다.]

김신의 우악스러운 몸 쪽 강속구에 잠시 타석에서 물러났던 이안 킨슬러는 침을 탁 뱉으며 더욱 라인에 바짝 몸을 붙였다.

힛 바이 피치로라도 출루하겠다는 강인한 의지.

두근- 두근-!

가슴을 태우는 열기는 한 번 더 같은 공을 던져 정면 승부를 하라 종용했지만.

　김신의 차가운 시야에서 뻗어 나온 제2구는.

　뻐엉-!

　[캬~! 배짱이 정말 대단합니다. 김신 선수! 몸 쪽에서 한가운데로 들어오는 슬라이더!]

　[이안 킨슬러 선수, 화들짝 놀라서 등을 돌리는군요!]

　몸 쪽에서 휘어져 들어가 스트라이크존을 관통하는 프론트 도어 슬라이더.

　1-1 상황, 제3구.

　뻐엉-!

　[스트라이크! 하하, 집요할 만큼 몸 쪽만 노리네요.]

　[이안 킨슬러 선수, 진퇴양난입니다. 지금같이 붙어 있으면 몸 쪽 공을 치기가 어려운데요.]

　[그렇죠. 심판이 이번 공을 스트라이크로 잡아 주면서, 김신 선수에게 매우 유리한 상황이 됐습니다.]

　타자에게 생각할 시간을 주지 않겠다는 듯이, 김신의 육체가 약동하기 시작했다.

　제4구.

　부우우웅-!

　[헛스윙 삼진!! 이번에는 존을 빠져나가는 슬라이더였습니다!]

　[정말 예술입니다! 저 각도 좀 보세요!]

2012년에는 조금 주춤하긴 하지만, 아직은 4월.

이번에야말로 우승하겠다는 열망과 지난 시즌 좋았던 분위기가 텍사스 레인저스라는 팀의 등을 밀어 주고 있는 시간.

[나우 배팅! 넘버 1! 엘비스- 앤드루스!]

하나 가장 뜨거운 4월을 보내고 있는 남자의 손끝에서 나온 한기가.

그 분위기에 찬물을 끼얹기 시작했다.

뻐엉-!

[장군멍군입니다! 김신 선수도 1회부터 삼자범퇴!]

[이거, 빨리 퇴근할 수도 있을 것 같군요.]

현대 야구에서 투수가 던질 수 있는 구종은 두 손을 모두 꼽아도 다 헤아릴 수 없을 만큼 많다.

팔을 휘두르는 속도, 휘둘러지는 팔의 각도, 공을 쥐는 모양, 공을 쥐는 손의 힘, 심지어 바람의 힘까지도 모두 이용할 수 있을 만큼 '던지기'라는 것은 인간에게 낱낱이 파헤쳐졌다.

하지만 그 모든 구종은 결국 두 가지로 구분할 수 있다.

바로 패스트볼과 브레이킹 볼.

다른 말로 하면 속구와 변화구.

그렇다면 이 두 가지 중, 투수들이 더욱 열과 성을 다해 연

마하는 것은 무엇인가.

정답은 바로 패스트볼, 속구(速球)다.

이유는 물론 여러 가지가 있다.

누군가는 속구가 기반이 되어야 변화구로 타자들의 타이밍을 손쉽게 빼앗을 수 있다 말하고.

누군가는 속구가 없으면 스트라이크 카운트를 제대로 잡아 낼 수 없을 거라 말한다.

누군가는 변화구의 제구가 심히 어렵기 때문에, 그나마 제구가 되는 패스트볼이 투수의 주 무기가 되는 것이라고 하기도 한다.

다 맞는 말이다.

하지만 절대적인 이유는 따로 있다.

그저 속구가, 그것이 가진 그 압도적인, 일반인은 반응조차 못 할 정도의 '속도'가 강력할 뿐이다.

심지어 머지않은 미래, 관측 기술과 분석 기술이 발달하여 속구에 비해 변화구가 신체에 무리를 많이 준다는 낭설이 무너지고.

'제대로 된 자세로 던진 브레이킹 볼이 온몸을 쥐어짜 던지는 패스트볼보다 신체에 무리를 줄 가능성은 극히 적다.'는 주장이 정설로 받아들여진 이후에도.

투수들은 줄기차게 속구를 던졌다.

그리고 4월 25일.

4월의 마지막을 얼마 남겨 두지 않은 텍사스의 홈구장, 레인저스 볼파크 인 알링턴에.

흔들리던 주 무기를 다잡은 남자가 올라왔다.

[1회 초를 삼자범퇴로 틀어막은 다르빗슈 유! 2회 초, 양키스의 4번 타자부터 상대하겠습니다.]

상대는 양키스의 4번 타자 라울 이바네즈.

'언제 또 기회가 올지 모른다.'

본디 양키스에 꼭 필요한 백업 외야수였으나, 추신서가 영입된 이래 그 자리에 크나큰 위협을 받고 있는 선수.

그 때문에 라울 이바네즈는 이를 악물고 배트를 움켜쥐었지만.

부우웅-!

"스트라이크!"

원한다고, 간절하다고 칠 수 있다면 어째서 메이저리그엔 2할대 타자들이 수두룩하겠는가.

'포심 제구가 흔들린다더니…… 빌어먹을 책상물림들!'

절묘하게 몸 쪽 낮은 코스를 꿰뚫는 포심 패스트볼에 스트라이크 하나를 헌납한 라울 이바네즈.

'한 번만 더 노리자. 어쩌다가 얻어걸린 걸 수도 있으니까.'

불평하긴 했어도 양키스 전력분석팀을 신뢰하는 그는 한 번 더 포심 패스트볼을 기다렸으나.

뻐엉-!

"스트라이크!"

"젠장……."

좌타석의 선 그의 바깥쪽을 스치고 스트라이크존에 박힌 것은, 그를 농락하는 듯한 백도어 슬라이더.

'일단은 커팅하면서 버티…….'

라울 이바네즈는 그제야 머릿속에서 타격을 지우고 '생존'을 위해 방망이를 짧게 잡았지만.

다르빗슈는 그에게 기회를 줄 생각이 없었다.

[다르빗슈 선수! 계속해서 제3구!]

뻐엉─!

"스트라이크! 배터 아웃!"

[오늘 다르빗슈 선수, 컨디션이 상당히 좋아 보입니다. 평소와 달리 과감하게 승부하는 모습이에요!]

[마지막은 스플리터였죠?]

[그렇습니다. 이거 정말 말씀대로 빨리 퇴근할 수도 있겠는데요?]

기본이 되는 패스트볼이 살아나면서.

다르빗슈에게 5,170만 달러를 선사했던 강력한 브레이킹 볼들이 덩달아 기승을 부리기 시작한 것.

따악─!

[2루수 이안 킨슬러, 여유 있게 1루로! 아웃! 2회 초 양키스의 공격, 삼자범퇴로 마무리됩니다.]

삼진 하나와 범타 2개를 엮어 2회 초 역시 가볍게 막아 낸 다르빗슈 유.

그리고 그가 떠난 마운드에.

훨씬 더 강력한 '속도'를 가진 남자가 도래했다.

[레인저스의 2회 말 공격. 마찬가지로 4번 타자, 아드리안 벨트레 선수부터 시작되겠습니다.]

뻐엉—!

"스트라이크!"

세이버메트릭스가 대세로 자리 잡으면서 선수를 평가하는 항목은 우후죽순 늘어났다.

그리고, 그중에서 가장 각광받는 스탯이라고 한다면 대부분의 세이버메트릭션은 WAR을 꼽을 것이다.

WAR(Wins Above Replacement).

대체 수준 대비 승리 기여도라는 뜻으로.

만약 그 선수의 WAR이 3이라면, 그 시즌에 팀에 3승 이상을 벌어다 준 선수라는 의미이다.

그렇다면 역대 최고의 WAR을 기록한 선수는 누구일까?

최고의 투수를 뜻하는 고유명사가 된 사이 영?

라이브 볼 시대 최다승 투수 워렌 스판?

가장 압도적인 시즌을 보냈다는 외계인, 페드로 마르티

네즈?

사이 영상 7회에 빛나는 로켓맨, 로저 클레멘스?

그도 아니면 그렉 매덕스? 랜디 존슨?

퍼펙트게임이란 말이 있는 것처럼, 한 경기를 완벽하게 지배할 수 있는 투수일까?

아니, 정답은 야구의 신, 베이브 루스이다.

누적으로도, 단일 시즌으로도 고고히 정상을 차지하고 있는 '타자'.

메이저리그 시즌은 총 162경기. 그리고 그중 투수가 영향력을 행사할 수 있는 경기는 많아 봐야 32경기 즈음이다.

애초에 역대 시즌 MVP 대다수를 차지하는 보직은 무엇인가.

한 경기를 지배하는 것은 투수일지라도, 한 시즌을 지배하는 존재는 누구인가.

결국 전광판의 숫자를 바꾸고, 경기를 끝낼 수 있는 보직은 무엇인가.

김신과 다르빗슈, 한국과 일본의 두 투수가 바다 건너 대륙에서 투수의 존재 가치를 증명하고 있을 때.

[아웃! 벌써 4회 초입니다만, 여전히 전광판에는 0의 행진이 지속되고 있습니다!]

4회 초, 양키스의 두 번째 타자가 타석에 들어섰다.

지금 마운드에서 상대 팀을 폭격하고 있는 두 투수와 같은 피부색을 가진 남자가.

[추신서 선수가 뭔가 보여 줬으면 좋겠는데요.]

[잘 던지고 있는 후배에게 선배로서 큰 힘을 줬으면 좋겠습니다.]

클리블랜드 인디언스의 유일무이한 2년 연속 3할.

20홈런, 20도루 달성자.

한국 역사상 최고의 타자라고 불려도 손색이 없는 남자.

하지만 오히려 고국에서, 그가 받아야 할 만큼의 찬사를 듣지 못하는 비운의 타자.

뉴욕 양키스의 3번 타자, 추신서.

'익숙해.'

언론이 7년 동안 메이저리그라는 정글에서 홀로 우뚝 선 그를 홀대하는 것도.

그가 아닌 김신에게 모든 스포트라이트가 쏟아지는 것도.

그에게는 아주 익숙한 일일 뿐이었다.

그리고 일정 부분은 이해도 갔다.

김신과 다르빗슈는 같은 투수였고, 김신이 현재 걸어 나가고 있는 행보는 그가 보기에도 대단했으니까.

하지만.

'그래도 이건 기분 더럽군.'

한창 경기 중인 투수조차 자신이 아닌 다른 사람을 바라본다는 건 참을 수가 없었다.

[다르빗슈와 추신서, 두 번째 맞대결! 초구!]

그러나 추신서는 지금도 대기 타석에서 그라운드를 노려보는 라울 이바네즈와 달리, 감정을 가슴속 깊숙이 가라앉혔다.

　투수와의 대결에서 승리하는 법은 결코 '타격'만이 있는 것이 아니니까.

　적에게서 베이스를 강탈하려면, 타자는 침착해야만 한다는 것이 그의 생각이었으니까.

　부우우웅―!

　[헛스윙! 아깝습니다!]

　[추신서 선수, 침착해야 해요! 기회는 많습니다!]

　그리고 절묘하게 스트라이크존의 경계를 파고드는 다르빗슈의 포심에 추신서의 방망이가 바람을 갈랐다.

　'쯧.'

　침착하지 못한 것이 아니었다.

　그저 오늘 다르빗슈의 포심이 꼬리를 잘 흔든 것뿐.

　추신서는 속으로 혀를 차며, 눈에 더욱더 힘을 주었다.

　제2구.

　뻐엉―!

　[볼입니다! 추신서 선수, 잘 골라냈어요!]

　[상당히 골라내기 힘든 공이었는데, 역시 추신서 선수의 선구안은 남다릅니다!]

　비슷한 코스로 들어온 포심 패스트볼.

　간신히 방망이를 멈춰 세운 추신서가 깊은 숨을 내쉬며 타석에서 물러섰다.

'기억이 나는군.'

다르빗슈 유. 일본을 대표하는 대투수.

변화구의 왕이라 불리는 슬라이더를 리그 최정상급으로 구사하고.

슬라이더의 자리를 잠시간 위협했던 스플리터를 포함해 커브, 커터 등 다종의 변화구를 자유자재로 구사하는.

신인 드래프트 당시 '나의 무기는 7개가 넘는 변화구이다' 라고 자신 있게 말했을 정도의 괴물.

부웅— 부웅—!

두어 차례 연습 스윙을 한 추신서가 다시 배터 박스에 자리를 잡았다.

제3구.

뻐엉—!

[스플리터! 추신서 선수, 잘 참아 냈습니다!]

[됐어요! 이제 상당히 유리한 고지에 올랐습니다, 추신서 선수!]

제4구.

뻐엉—!

[주심의 손 올라오지 않습니다! 볼!]

[좋아요, 좋아!]

1—3.

투수로서 반드시 스트라이크를 잡아야 하는 볼카운트.

'기억이 나.'

하지만 추신서는 알고 있었다. 다르빗슈가 어떤 투수인지.

그를 처음 대하는 팀원들과 달리, 추신서는 이미 만나 봤으니까.

절대 져서는 안 되는 상황에서, 저 투수를 이미 겪어 봤으니까.

[투수, 와인드업!]

마운드에 선 투수의 손에서 하얀 공이 빠져나오는 순간.

추신서의 두 눈에 어떤 궤적이 선명하게 그려졌다.

타자의 바깥쪽에서 중앙으로 휘어져 들어오는, 예전의 그가 당했던 바로 그 공.

다르빗슈가 가장 자신 있어 하는 그 공의 궤적이.

생각하고 판단한 것이 아니었다.

인지한 즉시 추신서의 몸이 훈련된 대로 움직이기 시작했다.

아니, 어쩌면 지난 패배 이후 그가 계속해서 머릿속에 그려 온 대로일 수도.

단단히 지면을 디딘 다리에서부터 올라온 힘이 허리와 양 팔을 거쳐 방망이에 도달하고.

따아아아악-!

그 힘은 타자를 농락하려던 공을 정확히 잡아내었다.

허무히 닫히는 포수의 미트 너머, 공이 날아왔던 길을 되짚어 가기 시작했다.

[쳤습니다! 좌중간! 좌중간 큽니다!]

[오, 오오오오-!]

2할의 타율로도 메이저에 잔류할 수 있고, 3할만 쳐도 박수를 받는 이유는 그것으로 충분하기 때문.

[넘어-갑니다! 추신수! 승기를 가져오는 솔로포!]

"흥."

2009~2010년.

클리블랜드 인디언스라는 팀에 5승 이상을 벌어다 줬던 걸출한 타자가.

WBC에서의 패배를 설욕했다.

"충분합니다, 선배."

김신이 더그아웃에서 웃었다.

🌑

믿고 있던 슬라이더가 통타당하고, 1점을 헌납한 순간.

'괜찮아. 고작 1점이야.'

마운드의 다르빗슈 유는 고개를 저으며 금세 그것을 떨쳐 내었다.

그의 소속 팀은 텍사스 레인저스.

자타가 공인하는 타격의 팀이었으니까.

뻐엉-!

하지만 그 믿음은 보답받지 못했다.
"스트라이크아웃! 볼 게임 이즈 오버!"

〈김신 완봉! 추신서 솔로포! 양키스, 2-0 승리!〉
〈다르빗슈 유, 8이닝 2실점 패배〉
〈동양 투수들의 눈부신 호투! 메이저리그에 부는 한류!〉

한일 팬들의 희비가 엇갈린 순간, 한국 최대의 야구팬 커뮤니티에 게시 글 하나가 올라왔다.

〈GOD is over the moonlight〉

9회 말 완봉승을 확정 짓고 포효하는 김신과 더그아웃에서 쓸쓸히 그것을 바라보는 다르빗슈가 대비되는 사진과 함께.

－그럼. 그럼.
－잘싸졌. 잘 싸우면 뭐 해. 결국 졌죠?
－김갓! 김갓! 김갓!

다르빗슈의 별명 '달빛'과 김신의 이름 신(信)을 '신(神)'으로 언어유희 한 글.
그리고 그것은 예상외의 화제를 불러 모았다.

-김갓! KG!

-KG면 이상하잖아. 그냥 GG로 가자.

-ㅋㅋㅋㅋㅋ Gim이냐? 어거지 오지고요.

-왜. 나도 좋은데? GG. 김갓 + 굿 게임. 깔끔하고 좋네.

-미친. 이제 고작 4월 한 달 잘했는데 갓 소리가 말이냐, 방귀냐? 적당히 해.

-그래, 차라리 믿음으로 가자. 김믿음. 믿음의 야구.

-믿음, 소망, 사랑 중 제일은 사랑인데?

아직 이렇다 할 별명이 없는 김신이기에, 그 논란은 점점 확대 재생산되어 바다를 건넜고.

"흐음, 킴의 이름이 믿음[信]을 뜻한다고? 갓(God)이랑 동음이의어고?"

양키스의 골수팬 중 하나에게 흥미를 불러일으켰다.

잠시간 턱을 쓰다듬던 그는 마우스를 조작해 김신의 성적을 모니터에 띄웠다.

4월.

총 4번의 등판, 한 번의 퍼펙트게임, 한 번의 완봉, 한 번의 완투, 한 번의 퀄리티 스타트 플러스.

34이닝, 자책점 3. 방어율 0.79. 4승 0패.

"홀리……."

감탄밖에 나오지 않는 압도적인 성적.

모니터를 바라보던 데이비드 콘돌은 생각했다.

'이 퍼포먼스를 유지한다면…….'

상상 속에서만 생각했던, 야구의 신의 뺨따구를 후려갈길 수 있는 선수가 탄생할지도 모른다고.

하지만 짧은 기간만 반짝한 선수들이 한 트럭인 메이저리그.

많은 팬들이 김신의 성적이 지속될 것인가에 대해서는 회의감을 표했다.

그러나 그럼에도 불구하고 적어도 4월 한 달만큼은. 지금의 김신만큼은, 메이저 최고라는 것에 이견의 여지가 없었다.

"흐음……."

그리고 김신의 투구에 흥미를 느낀 또 한 사람.

텍사스 레인저스의 풍채 좋은 인스트럭터 한 명이 무언가 결정을 내렸다.

2012년 4월 26일.

성큼 다가온 따스한 봄 햇살이 들이치는 점심 무렵.

뉴욕 컬럼비아 대학병원의 한 병동 휴게실에, 햇살을 닮은 금발 머리가 반짝였다.

–오늘 뉴욕 양키스의 선발 투수는 김신 선수입니다.

"오!"

그녀의 이름은 캐서린 아르민.

뉴욕 양키스의 골수팬이면서 동시에 뉴욕 양키스의 자문
의사인, 그야말로 성공한 덕후의 전형이라 할 수 있는 인물
이었다.

–요즘 김신 선수의 기세가 실로 무섭습니다. 가장 뜨거운 4월을
보내고 있다 해도 과언이 아닌데요.

–맞습니다. 오늘 경기에서 대량 실점을 하지 않는다면, 4월의 신
인상은 물론이거니와 투수상도 석권하게 될 듯합니다.

"야알못 해설이 꼭 초를 쳐요. 대량 실점해도 신인상은 확
정이다, 인마!"

하나 아무리 성공한 덕후라도 본업을 소홀히 할 수는 없
는 법.

뉴욕 양키스와 텍사스 레인저스의 3차전이 있던 어제, 직
장인이 가장 싫어한다는 퇴근 전 신규 업무에 일격을 당해
버린 그녀는 양키스 경기를 챙겨 보지 못했고.

"물론 대량 실점 따위는 없겠지만."

오늘 있을 디트로이트와의 홈경기 전, 어제의 경기를 복습

하기 위해 이렇게 점심 식사도 포기하고 휴게실에 틀어박힌
것이었다.

　－1회 말 텍사스의 공격, 이제 막 시작합니다. 1번 타자는 2루수
로 선발 출장한 이안 킨슬러. 김신 선수는 우완으로 투구하겠다는
신호를 보냅니다.
　－몇 번을 봐도 참 신기한 광경입니다. 투수가 투구할 손을 미리
정한다는 게…… 참 익숙해지지가 않네요.
　－저도 마찬가지입니다. 이런 일이 있을 줄 누가 알았…… 말씀
드리는 순간 투수 와인드업!

　뻐엉－!
　아나운서의 외침과 함께 이어폰을 뚫고 나올 듯한 포구음
이 울리고.

　－아, 볼입니다. 몸 쪽 볼.

　"뭐? 저게 어딜 봐서 볼이야! 미친 꼰대 심판 새끼!"
　심판의 볼 선언과 함께 캐서린의 걸쭉한 욕설 또한 휴게실
을 울렸다.
　그런데 그 순간.
　톡톡－!
　"꺄악－!"

누군가 어깨를 두드리는 촉감에 화들짝 놀란 캐서린은 들고 있던 핸드폰도 집어 던진 채 바닥으로 넘어지고 말았다.

거세게 바닥과 키스를 한 엉덩이에서 올라오는 고통도 잊은 채 흐트러진 머리칼에 가려진 시야를 올린 캐서린의 눈에 한 남자가 들어왔다.

"괜찮습니까?"

반사적으로 튕겨 올라간 핸드폰을 잡아챈 채, 그녀를 걱정스러운 눈빛으로 쳐다보고 있는 가운 입은 남자.

캐서린의 눈이 그의 가운 앞섶에 달린 이름으로 향했다.

'Dr. Kim. 아, 그 사람이구나.'

몇 달 전 새로 임명된 정형외과 교수.

한 번도 보지 못했지만, 요즘 친하게 지내는 선배 여의사들을 통해 자연스레 이름을 알게 된 사람.

'선배들이 호들갑 떠는 이유가 있었네.'

꼬셔 볼까? 하며 의미심장한 눈빛을 빛내던 선배들을 생각하던 캐서린은 그럴 때가 아닌 걸 깨닫고 화들짝 놀라 황급히 자리에서 일어났다.

"아, 안녕하세요, 김 교수님. 전 괜찮습니다. 근데……."

그리고 자신을 부른 이유를 물어보려 할 찰나.

─스윙 앤 어 미스! 이안 킨슬러, 슬라이더에 완벽히 속아 넘어갔어요!

─참으로 아름다운 각도입니다. 저건 속을 수밖에 없죠.

달랑달랑 매달려 있는 이어폰에서 새어 나온 소리에 캐서린이 잠시 멈칫한 사이, 핸드폰 화면을 확인한 남자의 질문이 튀어나왔다.

"야구, 좋아하십니까?"

"예? 아, 예. 좋아합니다."

"양키스 팬인가요?"

그 질문에, 친구들에게 야구…… 아니, 양키스에 미친년이라 불리는 여자답게, 캐서린은 민망한 현 상황은 모두 잊은 채 격하게 고개를 끄덕였다.

"넵! 뉴욕 양키스 말고 응원할 팀이 세상에 있나요?"

그러나 곧 다시 현실을 깨닫고 표정을 흐린 캐서린.

그녀는 조심스레 눈앞에 선 남자에게 물었다.

"혹시, 교수님께선……."

다른 팀을 응원하는 사람일 수도 있으니까.

'아, 진짜. 흥분하면 안 됐는데…….'

평소 양키스에 관련된 일이라면 과도하게 흥분하는 스스로를 잘 아는 캐서린.

몇 번의 문제를 겪은 뒤엔 정말 친하거나 같은 양키스를 응원하는 사람들 앞에서만 본모습을 조금씩 드러냈고.

집이나 양키 스타디움이 아니라면 양키스 경기를 관전하

는 것도 최대한 자제해 왔다.

그러나 오늘처럼 피치 못할 사정이 생긴 날에는 평상시 찾는 사람이 극히 드문, 더군다나 점심시간에는 혼자만의 공간이나 다름없는 이 휴게실을 이용해 왔는데…….

그런데 이런 일이 생길 줄이야.

'여긴 어떻게 알고 오신 건지…….'

혹시 눈앞에 있는 교수가 다른 팀을 응원한다면 재빨리 사과해야겠다고, 캐서린은 생각했지만.

"저도 양키스 좋아합니다."

"아, 정말요? 다행이다……."

긍정적인 답변에 가슴을 쓸어내린 캐서린.

하나 양키스를 좋아한다고 밝힌 검은 머리의 교수는 잠시 침묵한 채 이제는 노골적으로 핸드폰 화면을 바라보았다.

휴게실에 흐르는 어색한 침묵에 캐서린은 조심스레 입을 열었다.

"저, 무슨 일로 부르셨는지……."

그제야 할 일이 생각났다는 듯 그녀를 바라봐 오는 김 교수.

"아, 혹시 스티브 교수의 방이 근처 아닙니까? 어딘지 찾을 수가 없네요. 혹시 알려 주실 수 있나요, 닥터…… 아르민?"

"재활의학과 스티브 교수님요?"

"네, 재활의학과 스티브 교수."

"그건 여기랑 반대인데요……."

"아, 그렇습니까?"

겸연쩍다는 듯 잠시 입을 닫았던 남자는 이내 어쩔 수 없다는 듯 웃으며 목소리를 내고는.

"감사합니다. 덕분에 더 헤매지 않겠군요. 이건 여기 두겠습니다."

핸드폰을 탁자 위에 올려 둔 채 성큼성큼 휴게실 문으로 걸어갔다.

"아닙니다. 살펴 가세요."

그러나 캐서린의 배웅 인사를 받은 남자는 멈칫하더니 돌아서서 말했다.

"아 참, 혹시 나중에라도 통증이 지속되면 찾아오십시오. 저는 정형외과 교수……."

"아니에요! 정말 괜찮아요!"

그에 캐서린은 황급히 손을 내저었으나, 남자는 끝이 아니라는 듯 말을 이었다.

"음, 그럼 이건 개인적인 질문인데, 혹시 양키스 소속의 김신이라는 선수를 아십니까?"

속으로 물음표를 떠올리면서도 성실히 대답한 캐서린.

"네. 당연히 알죠. 전무후무한 데뷔전 퍼펙트게임을 기록한 선수잖아요. 양키스 팬으로서 모를 수가 없죠. 어제 선발이기도 했고요."

사실은 거기에 더해 개인적으로 연락하고 있는 남자이기

도 했지만, 외부적으로 말할 수 있는 건 그 정도였다.

하지만 이어지는 김 교수의 질문은 한층 파괴력을 더했다.

"좋아합니까?"

"네……? 좋아한다면 좋아하죠……?"

더욱 고개를 갸웃하면서도 조심스레 대답한 캐서린.

그녀는 이내 경악할 수밖에 없었다.

"내 아들입니다."

"네?"

뉴욕 컬럼비아 대학병원 정형외과 교수.

"He is my son."

김신의 아버지, 김성욱이 의미심장하게 웃었다.

김성욱과 캐서린이 한적한 휴게실에서 예상외의 만남을 가지고 있던 시각.

부친과 썸녀(?)가 대면하고 있다는 건 꿈에도 모른 채로, 김신은 뉴욕의 한 프라이빗 다이닝 레스토랑으로 발을 들이고 있었다.

간판도 붙어 있지 않은 비밀스러운 입구를 지나.

드르륵–!

"여깁니다."

웨이터의 안내를 받아 들어선 방 안.

"왔어요? 이리로 앉아요."

은은한 조명 사이로 유혹적인 적발이 타오르고 있었다.

"프랑스 코스 요리예요. 좋아할지는 모르겠는데, 맛있어요."

스칼렛은 자연스러운 태도로 김신에게 자리를 권했다.

그 손짓에 따라 묵묵히 자리에 앉은 김신.

그러나 그는 준비되어 있는 테이블 냅킨에 손을 대는 대신 곧바로 본론을 꺼내 왔다.

"식사는 됐습니다."

'팜므파탈'이라는 단어가 꼭 맞는 옷인 양 앉아 있는 그녀의 마력을 경계했기 때문에.

아니, 마음의 결정을 내리고 왔음에도 자신이 흔들릴까 두려웠기 때문에.

"오늘 자리에 온 건 드릴 말씀이 있어서입니다."

그 완고한 태도에 이채를 띠는 스칼렛의 눈빛.

말해 보라는 듯 기다리는 그녀의 눈동자에, 김신은 천천히 입을 열었다.

"죄송하지만 앞으로 사적인 만남은 자제했으면 좋겠습니다. 물론 제가 너무 앞서가는 것일 수도 있습니다. 하지만 좋은 감정을 가진 상대가 있어서 이런 자리가 부담스럽군요. 죄송합니다."

지난 첫 만남 이후 계속해서 고민해 온 김신의 답변.

그것은 바로 캐서린이었다.

야구뿐만 아니라 한 명의 사람으로서 하늘을 우러러 부끄러움이 없고자 하는 생각.

그것을 통해 야구에 더욱더 매진할 수 있으리라는 생각.

확고히 전해져 오는 그 생각에, 스칼렛은 피식 미소를 지었다.

"이제 좀 표정이 편해졌네요."

"......?"

그러고는 의아한 듯 바라보는 김신에게 나직하게 말하는 것이었다.

"지난번에는 너무 표정이 안 좋았거든요. 누가 보면 잡아먹는 줄 알았겠어요, 하하."

"......."

과연 배우라는 것인지 자신의 마음을 꿰뚫어 본 스칼렛에게 김신이 감탄하고 있을 찰나.

미소를 지운 스칼렛은 작별을 전해 왔다.

"맛있는 건데 아깝네요. 알겠어요. 조심히 가세요."

그에 의례적인 인사를 건네고.

"식사 맛있게 하십시오."

속으로 한숨을 내쉬며 일어난 김신은 미안해서인지, 아니면 다른 어떤 감정인지 자기도 모르는 채.

마지막 한마디를 건넸다.

"내일이 개봉이죠? 영화는 잘될 겁니다."

"알아요."

"스칼렛 씨의 생각보다 훨씬 더 잘될 겁니다. 상상 이상으로요."

"어머, 덕담인가요? 고마워요."

"그럼, 죄송했습니다."

드르륵– 탁–!

정중한 인사와 함께 김신이 떠나간 방 안.

스칼렛은 그 문을 바라보며 뇌까렸다.

"이런 경우는 정말 오랜만인데……."

그러고는.

"더 욕심나는데?"

천천히 에피타이저를 음미하기 시작했다.

⊖

"후아, 배고파 죽겠네. 뭐 좀 먹어야지."

식당을 나와 호텔에 돌아온 김신은 그제야 긴장이 풀리는지, 불편한 정장을 벗어젖히고 비치되어 있는 호텔 전화를 향해 다가갔다.

그 순간.

우우우우웅–!

침대에 던져 놓았던 정장 상의에서 울리는 진동.

김신은 미간을 찌푸리면서도 정장에 손을 뻗었다.

우우우웅-!

계속해서 제 존재를 알려 오는 것은 핸드폰.

그 화면에 떠 있는 것은.

존경하는 아버지

김신은 별생각 없이 곧바로 통화 버튼을 눌렀다.

"네, 아버지. 전화 받았습니다. 무슨 일이세요?"

-밥은 먹었냐?

"아뇨, 이제 먹으려고요. 무슨 일이신데요."

용건을 재촉해 오는 김신에게, 김성욱은 웃음과 함께 하나의 이름을 꺼내 왔다.

-스티브 아저씨 알지? 내가 몇 번 얘기했던.

"아, 그 아버지랑 친하시다던 교수님요?"

-어, 그래. 그 친구가 재활의학과인데, 거기 애들 중에 입이 마르도록 칭찬한 친구가 있어. 야구에 미쳐 있는 것만 빼면 성격이고, 외모고, 능력이고 부족한 게 없다더라. 아빠가 오늘 직접 봤는데, 괜찮더라고.

김성욱이 어떤 얘기를 꺼낼지 눈치챈 김신의 어조가 불퉁스러워졌다.

"그래서요?"

-그래서는 뭘 그래서야? 어떠냐, 만나 볼래? 조기 졸업해서 의사 된 사람이라 나이 차이도 얼마 안 난다. 야구에 미쳐 있는 것도 너한텐 아주 좋은 일 아니냐. 이 애비는 미국인 며느리도 좋단다.

예상대로의 말.

김신의 입에서 익숙한 한숨이 흘러나왔다.

"아, 진짜. 또 그러시네. 저 이제 스물이라고요."

몇 번이나 반복된 일.

젊은 나이에 혼자가 됐음에도, 김성욱은 본인보다는 김신의 연애사에 지대한 관심을 가지고 있었다.

예전에는 고등학생인 김신에게 초임 간호사를 소개시켜주려 했을 정도.

평소에는 존경스러운 아버지고, 자신을 끔찍하게 사랑한다는 것도 잘 알지만.

이럴 때는 참 귀찮기만 했다.

그사이, 김성욱이 말을 덧붙였다.

-그게 뭐 어때서. 네 아비도 네 나이 때 엄마 만났다.

다시 한 번 한숨을 내쉰 김신은 속사포처럼 말을 이었다.

"됐습니다. 제 연애는 제가 알아서 하겠습니다. 그리고 아버지나 신경 쓰세요. 저도 미국인 새어머니 좋습니다. 그럼 끊습니다."

-신아!

그러나 전화기를 무음으로 돌린 뒤 다시 룸서비스를 시키
고자 호텔 전화를 향해 다가가던 김신은 문득 든 생각에 고
개를 갸웃했다.

"……뉴욕 컬럼비아 대학병원, 의사, 조기 졸업, 야구에
미쳐 있는 재활의학과……?"

김성욱의 입에서 나온 단서들이 누군가를 가리키는 것 같
았기 때문에.

"설마?"

김신의 걸음이 다시금 침대로 향했다.

2009년 신(新) 양키 스타디움이 개장하면서.

뉴욕 양키스는 감사의 의미로, 구(舊)양키 스타디움의 시즌
권을 갖고 있던 팬들에게 그들의 자리를 보장했다.

그리고 그로부터 3년 뒤인 2012년 4월 27일.

신(新)양키 스타디움에서 열리는 양키스와 디트로이트의
저녁 경기.

자신들만의 자리를 가진 골수팬들 사이, 할아버지의 자리
를 물려받은 금발 머리의 젊은 여성이 끼어 있었다.

"여, 캐시. 오늘은 웬일로 조용한가?"

"말 걸지 마. 오늘 영 저기압이더라고."

"아니, 어제도 우리 양키스가 이겼는데 왜 저기압이야?"

"낸들 아나."

잠시간 그녀의 색다른 모습에 관심을 가졌던 노인과 중년인 들은, 이내 공통된 관심사에 대해 열띤 토론을 나누었다.

"그나저나, 오늘 선발이 필 휴즈 그놈이라며?"

"맞아. 그놈은 정말 언제쯤 사람 되려나."

"그러게나 말이야."

필 휴즈.

2004년 지명 이후, 조바 체임벌린과 함께 로켓맨 로저 클레멘스의 후계자로까지 거론되었던 투수 유망주.

그만큼 실링 자체는 상당히 높을 것으로 기대되었지만.

2007년 콜업 이후 바닥을 모르고 떨어져 내리면서, 결국 2009년에 셋업맨으로 전환되었다.

이후 휴즈는 엄청난 호투를 펼치며 ERA 1.40을 기록, 다시 양키스 팬들의 기대를 받았었으나.

2010년, 선발 전환 후 잠시간의 반짝임 뒤 다시 폭풍 하락.

2011년에는 토미 존 서저리 이야기가 나올 정도의 심각한 데드 암 증세를 보이기까지 했다.

여기까지만 들으면 '그럴 수도 있지'라고 생각할 수도 있다.

하나 이것으로 끝이 아니다.

아직은 펼쳐지지 않은 미래, 2012년 6월.

완투승 1개를 포함해 4승 1패 ERA 2.67을 기록하여 다시 기대를 받는가 싶더니.

2013년에는 올라오기만 하면 팀에게 패배를 선사하는 약속된 패배의 상징이 되어 버렸다.

그리고 2014년 미네소타 트윈스와 FA 계약을 체결해 양키스를 떠난 이후.

32경기 16승 10패, ERA 3.52에 186탈삼진 16볼넷을 기록.

기본적인 성적은 크게 대단한 수준은 아니지만 탈삼진과 볼넷의 비율을 계산하는 K/BB만큼은, 메이저리그 145년 역사상 단일시즌 규정이닝 투수 중 1위에 해당하는 기록으로.

미네소타 트윈스의 명실상부한 1선발로 올라서는 기염을 토했다.

그러나 5년 5,800만 달러의 장기 계약을 체결한 바로 다음 해인 2015년.

다시 한번 완벽하게 몰락하여 '먹튀'라고 욕을 먹을 정도의 성적을 기록하다가 '지명 할당(DFA)'을 당하게 된다.

그야말로 파란만장한 야구 인생.

사람들의 기대를 불러 모으는 A급 휴즈와 욕만 나오게 만드는 C급 휴즈의 두 얼굴이 있다고 할 만한 선수였다.

그리고 2012년 4월 말의 휴즈는, C급 휴즈.

양키스의 오랜 팬들이 한탄을 토해 냈다.

"상대 팀은 1선발인데 우리는 휴즈라니, 이번 경기는 힘들

겠는데…….”

“혹시 또 몰라. 지터가 요즘 심상치 않다고.”

“아무리 그래도 상대 선발이 그 벌랜더잖아.”

그런 C급 휴즈에 맞서는 디트로이트 타이거즈의 선발 투수, 저스틴 벌랜더.

명실상부한 디트로이트 타이거즈의 1선발 에이스로.

2011년 다승왕, 방어율왕, 탈삼진왕의 트리플 크라운을 달성한 것으로도 모자라.

사이 영과 아메리칸리그 MVP까지 석권한 리그 최강의 선발이었다.

100마일을 넘나드는 포심을 주 무기로, 경기당 평균 115구를 던지며 금강불괴라는 별칭을 얻을 정도의 이닝 이터인데다가.

그러고도 2019년에 두 번째 사이 영을 거머쥘 정도로 타고난 강골.

2011년 디비전 시리즈에서 양키스의 가을을 끝내 버렸던 주역.

“벌랜더는 물론 훌륭한 선수지. 하지만 아무리 벌랜더여도 안 긁히는 날도 있는 거 아니겠어? 휴즈도 긁히는 때에는 긁힌다고?”

“아, 그래서 4월 성적이 그따위구나?”

“뭐 인마? 너 도대체 응원하는 팀이 어디야!”

"양키스다! 객관적인 평가에서만 미래가 나오는 법이야!"

경기 시작 전, 점점 열기를 더해 가는 양키스 팬들의 논쟁.

그 열변들 사이, 캐서린은 떠나지 않는 의문에 사로잡혀 있었다.

'김신 선수가 김성욱 교수의 아들이었다니, 어떻게 이런 우연이……. 정형외과 사람들은 다 알고 있는 걸까? 아니야. 그런 건 아닌 거 같았는데……. 만약 나한테만 말한 거라면 도대체 왜? 더 이상 아들이랑 만나지 말라는 그런…… 건가?'

김신을 중심으로 김성욱과 연결되며 꼬리에 꼬리를 물고 파생되는 질문들.

"벌랜더가 대단하긴 한데, 우리 루키도 만만치 않아. 아니, 오히려 더 대단한 선수지. 데뷔전 퍼펙트게임이라니. 맙소사!"

"맞아. 거기에 스위치 피칭이라니! 어쩌면 베이브 루스나 조 디마지오 같은 전설이 될 수도 있어."

"물론 데뷔전 퍼펙트는 전설적인 기록이고, 아마 100년이 더 흘러도 깰 선수는 없을 거야. 하지만 지금의 벌랜더보다 킴이 대단하다는 평가는 벌랜더를 너무 폄하하는 발언 아닌가? 미래라면 몰라도."

"그래, 킴이 빅 리그에 데뷔한 지 이제 겨우 한 달이야. 잊었어? 필 휴즈도 한 달은 잘했다고."

"데뷔전 퍼펙트게임은 애 이름이냐? 킴은 평범한 선수가 아니라고!"

　그러나 그 격한 논쟁도, 캐서린의 상념도 모두 장내 아나운서의 목소리와 함께 종식되었다.

　[나우 배팅, 넘버……]

　'모르겠다.'

　"부숴 버려!"

　"이제 돌아왔구면, 캐시."

　따악―!

　양키스의 경기가 이어졌다.

　[경기 끝났습니다! 양키스의 짜릿한 6-7 역전승! 오늘 양키스의 방망이가 매섭게 타올랐군요! 벌랜더조차 통제하지 못했어요!]

　늦은 저녁.

　쉴 새 없는 타격음으로 가득 찼던, 관중석을 가득 메운 핀스트라이프들의 함성으로 가득 찼던 그라운드가 쿨다운 시간을 가질 무렵.

　"와, 오늘 진짜 명경기였네요."

　"아무렴. 난 믿고 있었다고. 양키스는 요기 베라의 후예니까."

　"에이, 그런 것치고는 아까 주먹이 부들부들 떨리시던데요?"

"끄응! 됐고, 다음에 또 보자고. 잘 들어가."

"안녕히 가세요!"

할아버지의 지인들.

이제는 나이를 뛰어넘어 자신과 친구가 된 사람들과 작별 인사를 나눈 캐서린은 미소와 함께 걸음을 옮겼다.

'이런 세상을 알려 줘서 고마워요, 할아버지.'

아주 어릴 적 할아버지와 함께 왔던 그 양키 스타디움은 아니지만, 그 안에 있는 사람들은 그때나 지금이나 변함이 없었다.

　-캐시, 인생은 길지 않단다. 마치 야구도 언젠가는 끝나
　는 것처럼. 네가 하고 싶은 걸 하거라. 그래야만 행복할 수
　있단다.

아직도 선명히 되새겨지는 그 포근함에, 캐서린의 입가에 떠오른 미소가 더욱 짙어질 무렵.

우우우우웅-!

그녀의 핸드폰이 울리고.

　김신

방금 전까지 더그아웃에 있었을 이름이 액정 위로 떠올랐다.

그러나 경기 시작 전의 복잡함은 어딘가로 날려 버린 채.

오늘도 행복한 기억을 선사한 양키스 팀의 일원에게, 그녀는 기쁜 목소리를 들려주었다.

"고생했어요! 오늘 경기 너무 환상적이었어요!"

그 하이텐션에 당황한 건지 김신의 목소리가 잠시 흔들렸다.

―어…… 저는 뛰지도 않았는데요.

"그래도요. 원래 에이스는 거기 있는 것만으로도 힘이 되는 거랬어요!"

―에이, 아직 에이스라기엔 갈 길이 멀죠.

"아뇨! 김신 선수는 충분히 에이스예요! 요즘 팬들 사이에서도 도대체 양키스의 1선발이 누군지 화제거든요?"

―하하, 그런가요?

"그럼요! 사실 요즘 상황을 놓고 보면……."

야구를 주제로 막힘없이 풀리는 대화.

그 편안함을 느끼며, 김신은 준비했던 이야기를 꺼냈다.

―캐서린, 오늘 아버지와 만났다고 들었어요. 괜찮아요? 곤란하지는 않았나요?

"음……."

그에 잠시 캐서린의 말문이 막혔으나 이내 웃음과 함께 그녀는 시원스레 대답했다.

"아뇨! 괜찮았어요. 사실 조금 놀라긴 했지만, 멋진 분이시던데요? 김신 선수를 아주 자랑스러워하시는 것 같았어요."

－정말요? 그렇다면 정말 다행이네요. 사실 저랑 캐서린이 아는 사이라는 걸 아버지는 모르셨어요. 그냥 캐서린이 조금 마음에 드셨나 봐요. 말하자면…… 저한테 소개시켜 주려고 하신 거죠.

"아하, 그렇군요."

순순한 캐서린의 대답에 안심한 김신.

그는 마운드에서와는 달리 천천히 다음 공을 던졌다.

－네, 별일 아니니 신경…….

"김신 선수."

－네?

하나, 오랫동안 경기장을 눈에 담아 온 베테랑이 그에게 기습번트를 성공시켰으니.

"내일 뭐 해요?"

캐서린의 입에서 웃음이 터져 나왔다.

서울, 상암동.

꼭두새벽부터 사무실에 출근해 메이저리그 경기를 지켜본 중년인이 있었다.

마음에 안 드는 게 있는지 책상을 톡톡 두드리며 꺼진 브라운관을 바라보던 그 남자는, 한 사람의 이름을 중얼거리며 고개를 한껏 뒤로 젖혔다.

"김신…… 후우……."

그리고 깊은 한숨을 내뱉기도 잠시.

"도대체 왜! 왜! 인터뷰를 안 하는 거야!"

거센 고함과 함께 중년인, MBS SPORTS+의 원병훈 국장은 자리에서 벌떡 일어났다.

"얼굴에 꿀 발랐어? 다른 선수들은 잘만 하는데 왜 네놈만……!"

처음 김신이 데뷔했을 때만 해도, 그는 환호성을 지르느라 정신이 없었다.

별로 기대하지 않고 승인한 메이저리그 독점 중계였는데.

어디서 갑자기 튀어나온 신인 선수 하나가 전대미문의 기록을 세우며 한국을 들었다 났다 했으니까.

그것은 시청률의 폭증으로 이어졌고, 원병훈 국장은 자신의 앞길에 장밋빛 카펫이 깔릴 줄로만 알았다.

하지만 거기까지.

기세를 몰아 인터뷰도 하고, 화제성도 키워서 더욱더 저 하늘 높이 날아올라야 하는데.

김신이 경기에 집중하겠다는 이유로 모든 외부 인터뷰를 거절하고 있었던 것이다.

"스타를 만들어 주겠다는데도……!"

간단한 인터뷰 하나 따오지 못한다고 상부에서 쿠사리까지 먹은 원병훈 국장은 스트레스성 위장병까지 앓고 있는 중이니, 김신이 좋게 보일 리 만무한 일.

"끄응……."

또다시 통증을 호소하는 위장에 신음성을 토해 내던 원병훈 국장은 잠시 뒤 수화기를 들었다.

"어, 나야. 당장 미국으로 튀어 가! 가서 뭐든 해 오란 말이야!"

그리고 아름다운 한국의 내리갈굼 문화가 펼쳐졌다.

아니, 그것은 원병훈 국장만 그런 것은 아니었다.

"젠장! 도대체 캐시먼은 뭐 하고 있는 거야!"

지구 반대편을 넘은 미국에서도 한 사람이 열불을 내고 있었다.

"선수 본인의 의사가 워낙 확고하여……."

"확고? 얼어 죽을! 지금 NBA한테도 밀리게 생겼는데 그런 게 중요해?"

말도 많고 탈도 많지만, 구단주들의 두터운 신임을 받으며 장기 집권하고 있는 메이저리그 커미셔너.

버드 셀릭.

약물 파동과 타고투저의 여파로 침체되고 있는 메이저리그라는 스포츠 시장을 다시 반등시키기 위해 불철주야 노력하고 있는 인물.

그의 사무실에서도 김신을 향해 연신 고음이 터져 나왔다.

"무슨 수를 써서라도 인터뷰하게 해! 영상도 좀 만들고 말이야!"

"예!"

"대답만 하고 있지 말고 발로 뛰어! 안 나가?"

"나가겠습니다!"

그러나 두 사람의 관심을 한 몸에 받고 있는 남자는.

"누구라고요?"

"들으신 대로입니다. 지금……."

사소한 것 따위에 신경 쓸 시간이 없었다.

아니, 어쩌면 캐서린과의 약속도 취소해야 할지도 몰랐다.

벌컥—!

성격을 대변하듯 활짝 열린 문 사이로 들어오는 이 남자 덕분에.

"반갑습니다, 김신 선수."

투수라면 누구나 한 수 지도를 얻고 싶어 할 시대의 거인 (巨人)이 그를 직접 찾아왔으니까.

"나, 그렉 매덕스요."

텍사스에서 뉴욕으로.

전설이 강림했다.

다음 권으로 이어집니다